Carmen Posadas

¡Quién te ha visto y quién te ve!
Recordando los 60

Colección

EL PAPAGAYO

— 37 —

CARMEN POSADAS

¡QUIEN TE HA VISTO Y QUIEN TE VE!

Recordando los 60

EL PAPAGAYO

EDICIONES TEMAS DE HOY

Primera edición: mayo de 1991
Segunda edición: mayo de 1991
Tercera edición: junio de 1991
Cuarta edición: julio de 1991
Quinta edición: julio de 1991

Colección EL PAPAGAYO

Paseo de la Castellana, 93. 28046 Madrid
Ilustración de cubierta: José Manuel García López
Ilustraciones de interior: KANO
Fotografías cedidas por TVE
ISBN: 84-7880-090-5
Depósito legal: M-26.727-1991
Compuesto en Puntographic, S. A. L.
Impreso en Grefol, S. A.
Printed in Spain - Impreso en España

Indice

A mi hermana Dolores
y a Jesús Saiz
por su inestimable ayuda.

1. Situándonos en el tiempo

¡QUIEN TE HA VISTO Y QUIEN TE VE!

Hubo un tiempo en el que los jóvenes quisieron cambiar el mundo. Y no es que el mundo estuviese especialmente mal, estaba más o menos como siempre, con sus guerras, sus injusticias, en fin, lo normal; pero por aquel entonces, y por razones que ya iremos viendo, al que más y al que menos se le despertó el Mahatma Gandhi que cada cual lleva dentro, y decidió que ya era hora de mejorar este mundo cruel.

Sucedió en los años de la minifalda y los pelos largos, del sexo libre y la imaginación al poder. Era la época del Che, de la guerra del Vietnam y del Mayo francés; era, en fin, la soñada década de los sesenta.

Este libro trata de aquella época. De cómo éramos entonces, cómo nos enamorábamos, como corríamos delante de los grises y de lo nerviosos que nos poníamos bailando al son de *Je t'aime, moi non plus.* Vamos a mirar atrás con una sonrisa, y no porque dentro de poco las nieves del tiempo comiencen a platear nuestra sien como en el tango de Gardel, pues la nostalgia no es sólo un error, sino el peor signo de vejez; vamos a recordar porque mirando atrás tal vez sea más fácil entender cómo somos ahora. Si usted en los sesenta tenía un póster del Che y hoy admira rendidamente a Gorbachov, si entonces usaba poncho y hoy se pasea en BMW, tal vez se divierta con este recorrido por el pasado. Pero si en los sesenta era un niño bien, de los que tenía coche y calzaba mocasines de Castellano, también encontrará aquí su retrato. Y tampoco olvidaremos a los representantes de la España de siempre, la de charanga y pandereta, la de El Cordobés y Manolo Escobar, pues todos ellos formaban la España joven de entonces, la que ha dado paso a lo que hoy somos. Pasen, pasen y vean señores, que así éramos, si así os parece.

LA DECADA DE LOS SESENTA: SITUANDONOS EN EL TIEMPO

Antes de empezar a retratar los tres tipos de jóvenes que representaban la nueva España, vamos a hacer un pequeño resumen que nos sitúe en el tiempo, un repaso rápido a la historia de aquellos años. Pero no a la historia con mayúsculas, la que todo el mundo recuerda, y, si no es así, puede leerse cómodamente en la enciclopedia. A mí me interesa recordar ahora la pequeña historia, la que en su época fue quizá una pura anécdota y que, sin embargo, hoy da sentido a todo lo que entonces sucedió.

Los sesenta comenzaron, fíjese usted qué casualidad, con la comercialización de la píldora. Era el 10 de mayo

de 1960. Claro que entonces nadie imaginó que aquella noticia —diez o doce líneas perdidas en páginas centrales de los periódicos—

pudiera ser tan importante. Las personas mayores estaban demasiado ocupadas siguiendo la noticia de un avión espía norteamericano que había sido abatido por la defensa soviética, o la campaña electoral que enfrentaba al guapísimo J. F. Kennedy con el delfín de Eisenhower, un cuáquero llamado Richard Nixon. Y nosotros los niños, los que al final de la década seríamos ya adolescentes, tampoco nos enteramos de tan fausta noticia, encandilados como estábamos con el recién llegado invento de la televisión y disfrutando con *Patrulla de tráfico, Rin tin tin* y otras series igualmente instructivas. Es importante mostrar lo que hacían entonces los niños porque los sesenta acabarían convirtiéndose en la edad de oro de los adolescentes, su llegada al estrellato.

Antes de esa década, ser adolescente era un trámite inevitable pero ingrato. Un momento de NO IDENTIDAD en el que uno no era ni niño ni adulto, sino un amasijo de dudas e inseguridades espigando en un envoltorio de acné juvenil. Pero los sesenta, con su proverbial ánimo redentor, iban a poner fin a tal estado de cosas: desde entonces y hasta el día de hoy la juventud es un grado. De ahí en adelante ningún adolescente intentó ya parecerse a sus padres, la corbata se convirtió en anatema, el sostén en mordaza, y fueron los padres quienes comenzaron a imitar la forma de vestir de los jóvenes para regocijo de la próspera industria del *blue jean*.

HAZ EL AMOR Y NO LA GUERRA

Todo esto produjo la década de los sesenta, y mucho más. No sólo la comercialización de la píldora trajo muy pronto la liberación sexual, sino que habría de acontecer otro fenómeno, que junto con el sexo libre forma el

eje central de aquellos años felices: hablamos de la no violencia.

Habían pasado quince años desde el final de la Segunda Guerra Mundial y casi veinte del fin de la Guerra Civil española. El mundo occidental vivía un período de prosperidad, había trabajo para casi todos y los hijos de la generación de la guerra crecían mimados y bien nutridos con Pelargón y Cola Cao. Sus padres habían trabajado mucho, muchísimo, para conseguir el seiscientos, el frigorífico Fagor, el televisor Askar y, en fin, todas las comodidades con las que siempre habían soñado en sus épocas de penuria. Y sus hijos, los adolescentes de los sesenta, como ocurre a menudo con los niños mimados, se volvieron muy críticos con sus sacrificados padres, que eran burgueses y consumistas, y decidieron protestar. Las razones para mostrarse anticonformistas eran muchas. En Estados Unidos la guerra del Vietnam se convirtió en tema de constante controversia, y en París el Mayo del 68 transformó meras reivindicaciones estudiantiles —la organización del *campus* universitario, el derecho de entrada en las residencias de estudiantes a jóvenes del sexo contrario, etc.— en una crisis que puso contra las cuerdas al incombustible general De Gaulle. Muy pronto el aire de protesta se extendió a muchos otros países, entre ellos el nuestro: había que buscar

BAJO LOS ADOQUINES, LA PLAYA

Como entonces se decía, aunque se hiciera temblar el mundo en tal proceso.

LOS TIEMPOS ESTAN CAMBIANDO

Y mientras los jóvenes practicaban el amor libre o tiraban piedras a la fuerza pública, todos cantaban. Los sesenta son los años de la canción protesta, cuando para entonar el *No nos moverán* era recomendable ir más bien greñoso y desaliñado, con los polvorientos pies enfundados en alguna sandalia franciscana, o, mejor aún, descalzo. Los profetas de entonces pusieron mucho empeño en parar las bombas y hacer nacer margaritas dentro

de las bocas de los fusiles y casi, casi, lo consiguen. Sus nombres son ya míticos, como el de Bob Dylan, Joan

Báez, Donovan o Serrat y Raimon. Y para hacer honor a la verdad hay que decir que algunos de estos apóstoles son los únicos que aún hoy, cuando hasta el legendario Danny el Rojo se ha quitado el apodo escarlata de su nombre, siguen siendo fieles a su filosofía. Ellos continúan cantando, tal vez porque opinan que para cambiar el mundo todavía hacen falta muchos bemoles.

LOS BEATLES

Pero a pesar de todo, y de todos, en música, los sesenta fueron la década de los Beatles. Es interesante ver cómo con ellos y con sus canciones puede hacerse el recorrido ideológico de aquellos años.

Aparecieron hacia 1962 con sus pelos largos y sus canciones inspiradas en el rock de los cincuenta. A medida que avanzaban los años se pasaron al psicodélico pop para acabar cantando canciones pacifistas. Los Beatles son la historia misma de la década. Empezaron cantando *She loves you ye, ye, ye,* luego inventaron el *Submarino amarillo* y en 1968 John y Yoko acabaron exigiendo que «se le diera una oportunidad a la paz».

SEXO, DROGAS Y ROCK & ROLL

Hemos hablado de sexo y también de rock & roll..., ahora sólo queda hablar de drogas para concluir este instructivo recorrido por tan famosa década. Como usted seguramente recordará, lo elegante entonces era ser natural, auténtico. Había que apurar al máximo la vida, vivir el momento y emborracharse de presente. Era de buen tono desdeñar todo lo que pudiera oler a consumismo, extasiarse con el canto de los pajaritos y —en su defecto— montarse un «trip» músico-psicodélico escuchando a los Rolling o Janis Joplin. Y para que todo sonara aún más *groovie,* para hacer mejor el amor e incluso para filosofar con los amigos, estaba bien visto fumarse un buen canuto o colocarse con un ácido. En realidad, el consumo de drogas tenía entonces mucho de transgresión, de afán de diferenciarse de todo lo que oliera a burgués y convencional, pero tenía también mucho de investigación. En la búsqueda de lo auténtico era necesario mirarse por dentro, diseccionarse las meninges en busca de aquel «Yo oculto», incomprendido y solitario que retrató Herman Hesse en *El lobo estepario,* y para ello nada mejor que un buen pastillazo de LSD. El hecho de que el ácido sacara a pasear no sólo al romántico lobo estepario que cada uno lleva dentro, sino también a su menos recomendable hermano, el lobo feroz, no fue óbice para que las drogas siguieran gozando de buena fama. Ni siquiera cuando una alegre familia de hippies amigos del LSD cortó en pedacitos a la actriz Sharon Tate en un asesinato ritual, sonó la voz de alarma. En los sesenta una condena a las drogas se hubiera entendido como un signo de enanez mental.

VISTE COMO QUIERAS

Llegó un día, fue allá, como a mediados de década, en el que la reina de Inglaterra apareció en una exposición de flores con una falda ligeramente por encima de la rodilla. Tronaron los teletipos, se conmovieron los venerables cimientos del palacio de Buckingham y casi se

Mary Quant, inventora de la minifalda, llega a España en olor de multitud. Mientras la vieja Inglaterra perdía sus colonias, sus jóvenes le conquistaban un nuevo imperio: el de la moda.

abren los cielos, pero para entonces la minifalda ya estaba consagrada.

Había nacido unos años antes en Londres, precisamente, del ingenio de Mary Quant, y pronto se extendió por el mundo entero. Mientras la vieja Inglaterra perdía sus colonias, sus jóvenes le conquistaban un nuevo imperio: el de la moda. La mini tenía ese aire transgresor de todo lo de los sesenta, como los pelos largos y el *Op art.* Casi al mismo tiempo, los hippies implantaron también su moda —un tanto mugrienta, todo hay que decirlo—, en la que un lamparón era un adorno y un roto se consideraba casi una condecoración. Pero en su afán de transgredir hubo quien llegó aún más lejos, y apareció el desnudo. No sólo en las comunas hippies se practicaba el saludable deporte del nudismo, sino que algunos, en su deseo de abrazar la madre naturaleza, solían despojarse de sus ropas en los conciertos de rock, en la plaza Picadilly, o donde quiera que sintieran la necesidad de hacerlo. Y hubo un hecho concreto que dejó a la abnegada clase media de todo el mundo occidental haciéndose cruces. En 1968, John y Yoko Ono aparecieron desnudos en la tapa de su último elepé (aparecieron en todo el mundo menos en España, porque los probos funcionarios que entonces velaban por nuestra integridad moral se ocuparon de cambiar la carátula pecadora por otra blanca y virginal). Lo cierto es que aquel episodio supuso un hito, un verdadero triunfo para una década que se había prometido reinventar el mundo y llevar la imaginación al poder. Y como colofón, en el verano de 1969, el hombre puso por primera vez el pie en la Luna. Ya parecía que no quedaba nada por conquistar, la década había abierto la caja de Pandora, los demonios volaban libres junto a sus hermanos los serafines, y en eso, sin tener ni siquiera el buen gusto de avisar, llegaron los austeros setenta, el fin del sueño.

PARA ENTRAR EN AMBIENTE

Espero que después de este primer recorrido por el pasado, algún recuerdo agradable le haya venido a la memoria. Ya, ya sé que en este mundo de tiburones en el que hoy vivimos hay que estar todo el día con el puñal en la liga y que aquel que mira atrás corre el peligro de quedarse convertido en estatua de sal. De todas formas, dedicarle un recuerdito a una época más amable no le va a desviar del camino del éxito, la fama, el dinero, y, en fin, de todas esas sanas y deseables metas que usted hoy tiene como prioridad. Así es que deseche por un momento el Colt 44 con el que la vida le obliga a ir por esta jungla moderna, guarde el frasquito de Curare que esconde en el bolsillo interior de su traje Giorgio Armani y tómese un respiro. Piense, desde la atalaya del Rambo urbano en el que este mundo cruel le ha convertido, que hubo otro tiempo en el que las cosas (y usted mismo) eran distintas.

Con esto empezaremos ya a recordar aquellos años felices en los que creímos que el mundo tenía arreglo, que el hombre era fundamentalmente bueno y que los pajaritos cantan y la luna se levanta. No añadiré ni una palabra más. En un primer momento, para redondear este apartado de cómo éramos y cómo somos ahora, pensé incluir una cita muy erudita que encontré sobre los idealistas y el paso del tiempo, pero usted en seguida comprenderá por qué la deseché. Decía así: «Lo malo de los idealistas es que cuando bajan de su torre de marfil tienen la mala costumbre de caer en las cloacas.»

No quiero ni recordar quién fue el cenizo que hizo tal comentario.

COMO ERAMOS UNOS Y OTROS. TRES TIPOS DE JOVENES

Este libro intenta fundamentalmente describir a los jóvenes de entonces, los que tenían entre dieciocho y treinta años, aunque también hablaremos de la sociedad en general. Por tanto, como de un retrato social se trata, no habrá más remedio que dividir el estudio en distintas clases sociales...

Lo digo así, con un poco de reparo, porque soy consciente de que ahora que empezamos a adentrarnos en los recuerdos y a sintonizar con la forma de pensar de los años sesenta, tan fraternal e igualitaria, hacer clasificaciones de este tipo vuelve a sonar fascistoide, asquerosamente burgués y todas esas cosas que antes se decían, pero no hay más remedio que ser precisos. Entonces, como ahora, existían diferentes clases sociales, y su forma de pensar y de comportarse era bien distinta. Es una pena que las cosas sean así, pero aunque el espíritu de los sesenta, y más concretamente el recuerdo de Martin Luther King, lleve más de veinte años cuchicheándole al oído de este viejo mundo eso tan bonito de «Yo tuve un sueño, un sueño en el que todos los hombres eran iguales», de momento el viejo mundo continúa sordo como una tapia.

Volvamos, pues, a la realidad y veamos cómo se comportaban los jóvenes de una u otra clase social. Aquí, para simplificar, hablaremos sólo de tres tipos porque son los que más claramente ilustran la juventud de entonces, la que se dejó llevar por el espíritu de los tiempos. Y éstos son:

- Los niños bien.
- Los contestatarios, los que ahora conocemos por progres, y también los hippies.
- Los representantes de la España de siempre: la España cañí.

Naturalmente, estos tres apartados son muy flexibles y sus fronteras se confunden con facilidad. Por ejemplo, fue bastante corriente en aquella época el caso del niño bien que, inflamado por la filosofía de alguna gran cau-

sa, abandonó las prácticas propias de su condición —léase cazar o ir al club de golf— para lanzarse a las barricadas. También se dio el caso de representantes de la España de charanga y pandereta, la de «Papá no corras» o el «Zoy Españó, casi ná», que decidieron cambiar su afición al Dúo Dinámico por la lectura de Marx (entonces todo el mundo decía leer a Marx, ya saben). Lo que quiero decir es que las lindes entre los grupos sociales son siempre borrosas y la única manera de centrar el tema es acudir a la generalización, hacer retratos robot; en una palabra, simplificar. Porque lo cierto es que simplificando se entiende la gente y el cliché es lo que mejor refleja la realidad. Es hora ya de empezar. Si usted perteneció al grupo de los llamados niños bien, ha llegado el momento de buscarse entre las telarañas del pasado. Dígame si es verdad o no que entonces era más o menos así.

2. Los niños bien

Cuando un bosque se quema, algo suyo se quema, señor conde.

El grupo que vamos a describir ahora responde al sonoro título de los niños bien, que como su propio nombre indica son los hijos de la gente bien. Y para hacerlo, lo primero que resulta difícil es ser muy objetivo, con el fin de no caer en la caricaturización facilona, cosa que parece ocurrir habitualmente cuando se habla de esta clase social. Por alguna razón digna de un estudio sesudo, este colectivo humano suele ser generalmente vapuleado por los escritores y estudiosos que sobre él disertan. Hay quien opina que si los autores tienden a retratar a los representantes de la clase alta como lánguidos personajes que hablan haciendo gárgaras y espantan con largos y aristocráticos dedos un comentario imprudente con un «Ay, chica, por favor, qué lata», es porque dichos autorès suelen pertenecer a otras clases sociales y desconocen los personajes que intentan retratar. Pero incluso cuando un escritor pertenece por nacimiento a la clase alta, tampoco suele cantar sus excelencias, sino que más bien se dedica a ironizar sobre sus congéneres, y ahí están los ejemplos de los esnobs que inmortalizó Marcel Proust o las «señoritas pescanovios» de Jane Austen. Sea como fuere, la verdad es que rara vez se hace un retrato favorecedor o siquiera ponderado de la clase alta, tal vez porque, debido al afán redentor de la literatura, exista alguna consigna tácita que diga que está mal visto hablar bien de los ricos. Literariamente es de buen tono, por ejemplo, ensalzar la humilde vida del pescador como hacía Hemingway o exaltar las cualidades de la clase trabajadora al estilo de D. H. Lawrence, pero a ningún autor se le ocurriría alabar las delicias del *High life,* o los valores humanos de un gran señor, como no fuera con la sana intención de recibir una ayuda filantrópica. Dicho todo esto, procuraré no caer en el topicazo, que es lo único que me preocupa, y retratar a este grupo y a todos los demás con la objetividad que se requiere.

Para empezar habrá que decir que los niños bien de entonces recuerdan los años sesenta como la época más feliz de toda su vida. Si no me cree, haga la prueba. La próxima vez que se encuentre con un ilustre representante de este grupo que ronde más o menos los cuarenta, pregúntele por aquellos tiempos. Inmediatamente verá cómo se le estremece el nudo de la corbata de Hermés y cómo palpita el endurecido corazón tras la camisa a medida. Incluso es posible que alguno de ellos vuelva a sentir en ese momento la irrefrenable necesidad de fumarse un pitillo, aunque haga ya ocho meses, cuatro días y dos horas que dejó tan mal vicio. De veras, no falla, todos se emocionan muchísimo. Y es lógico que así sea, pues para cualquier antiguo niño bien que se precie los sesenta fueron una época estupenda. El país se recuperaba a pasos de gigante de las penurias anteriores. Sus padres, gracias a la paz de Franco (el caudillo que decían entonces), habían recuperado su anterior nivel de vida y, aunque aún aleteara por ahí el fantasma del comunismo, tan incómodo espectro podía fácilmente conjurarse teniendo una cuentecita corriente en Suiza en previsión de cualquier eventualidad.

Los niños de casa bien disfrutaban de todas las comodidades del hogar. Sus padres tenían un servicio como Dios manda: una buena cocinera, nada de filipinas u hondureñas de esas que le castigan a uno a comer arroz frito todo el día, no: cocinera española y de las buenas. Después solía haber en casa dos doncellas; incluso, a veces, una era mona y complaciente. También había un criado que normalmente se encargaba de comprar el *Play boy* para el señorito o de inventar excusas si la señorita llegaba un poco más tarde de lo normal. Y un chófer que no sólo se ocupaba de adquirir las entradas para el cine, sino que resultaba imprescindible cuando el Mini Cooper, regalo de las últimas navidades, tenía que pasar una imprevista temporada en el taller como consecuencia de algún golpecillo; contingencia, por cierto, bastante habitual.

A pesar de este estado idílico de las cosas, y de más que ya iremos relatando, a algún niño bien le dio por hacerse rojo (sobre todo allá por 1968), pero este tipo de renegado, esta clase de incomprensible apóstata que prefería compartir una cerveza caliente con los camaradas en cualquier barucho al Chivas Regal que con toda facilidad podía birlarse en la casa paterna, será convenientemente retratado en el capítulo 3. Ahora volvamos a lo nuestro.

LOS DOS TIPOS DE NIÑOS BIEN

En líneas generales, los hijos de casa bien eran así, apolíticos, con ganas de divertirse, más o menos fieles a los valores religiosos y morales que habían aprendido en casa, y decididos a vivir como verdaderos inmortales; es decir, como seres a los que les resulta imposible pasar a mejor vida.

Ahora bien, si hemos de ser realmente precisos habría que señalar que en los sesenta existían dos tipos de niños bien. Estaban los de toda la vida, esto es, los pertenecientes a familias viejas, a ser posible con título. Y si la familia tenía algo desconchados los áureos blasones nobiliarios por los avatares de la fortuna, que diría un cursi de entonces, tampoco importaba mucho, pues el ser nuevo pobre tenía entonces su discreto encanto. Pero existía además un segundo grupo llamado en Madrid el de los niños de Serrano, que tenía su equivalente en otras grandes ciudades españolas.

Era muy sutil la diferencia entre unos y otros. De hecho, iban a los mismos colegios, vestían de modo parecido y se enamoraban entre sí, pero existían, no obstante, leves diferencias que habría que matizar. Tal vez los niños de Serrano fueran un poco menos linajudos y un poco más ricos que los de toda la vida. No es que fueran hijos de nuevos ricos, aunque también se daba el caso, eran, en general, hijos de profesionales exitosos o de hombres de negocios, a pesar de que entonces lo de ser hombre de negocios no tuviera tanto *glamour* como ahora y se aceptara en la buena sociedad con cierto *ji, ji* clasista. Había, por tanto, una sutil diferencia, y lo cierto es que en aquella época ser hijo de conde, de marqués o, en palabras de entonces, ser título, vestía mucho más. Buena

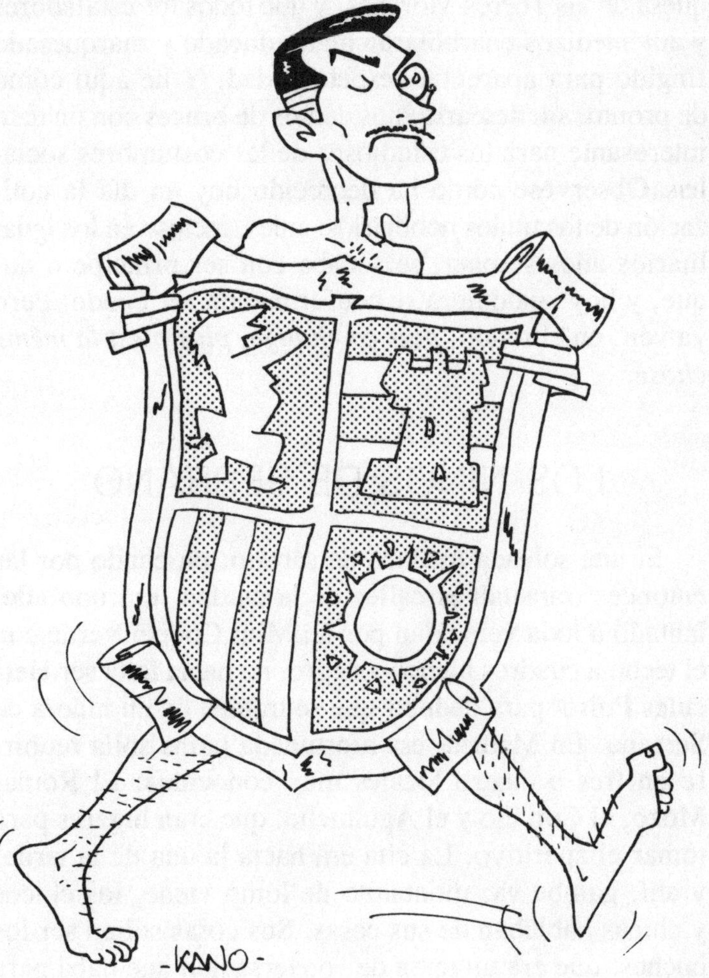
-KANO-

prueba de ello es que allá como a mediados de los sesenta la inefable Lola Flores intentó que la hicieran marquesa de las Torres Morenas, y que todos los estafadores y advenedizos enarbolaran algún ducado y marquesado fingido para aparentar respetabilidad. Y he aquí cómo de pronto, sin desearlo, nos damos de bruces con un dato interesante para los estudiosos de las costumbres sociales. Obsérvese cómo ha decrecido hoy en día la cotización de los títulos nobiliarios: antes, incluso en los igualitarios años sesenta, se soñaba con ser príncipe o duque, y hoy cualquiera se conforma con ser conde. Pero ya ven, en el fondo, *plus ça change, plus c'est la même chose.*

LOS NIÑOS DE SERRANO

Si una soleada mañana de sábado, paseando por las entonces transitables calles de la ciudad, era uno adelantado a toda velocidad por un Mini Cooper verde con el techo a cuadros blanco y negro, no hacía falta ser Hercules Poirot para deducir que se trataba de un niño/a de Serrano. En Madrid, esa afortunada fauna solía reunirse en tres o cuatro locales muy conocidos: El Roma, Mozo, el Corrillo y el Aguilucho, que eran lugares para tomar el aperitivo. La cita era hacia la una de la tarde, y ahí, gamba va, montadito de lomo viene, los chicos y chicas hablaban de sus cosas. Sus cosas solían ser los coches, que era un tema de conversación que daba para mucho. Se podía disertar eternamente sobre motores, por ejemplo, y filosofar acerca de las incuestionables ventajas de los modernos frenos de disco. Sin embargo, lo que más fardaba, con diferencia, era hablar de coches preparados (sobre este apasionante punto nos detendremos en el apartado titulado «¿Tu coche tiene asientos ''baquet''?»).

Hay que decir que las chicas también participaban en estas charlas, aunque su interés por motores y bujías era directamente proporcional al interés que sintieran por los propietarios de los bólidos en cuestión. En cualquier caso, cuando la discusión automovilística superaba todo lo humanamente resistible, ella siempre podía volverse hacia otra de las chicas, encender un Winston y hablar de modas o recordar con cariño a alguna amiga ausente.

El niño/a de Serrano tenía dos cosas que le identificaban como tal: 1) su forma de hablar y 2) su forma de vestir.

En todas las grandes capitales existía el equivalente del niño de Serrano. No eran exactamente igual a éstos, pero tenían suficientes rasgos comunes como para englobarlos en la misma descripción.

MODO RAPIDO DE IDENTIFICAR A UN NIÑO/A DE SERRANO

Eche atrás la mirada e imagínese, antes que nada, el decorado. Mañana de primavera frente a una cafetería de moda. Corre el año 1968, y por la acera se acercan dos viandantes no identificados. Con un rápido vistazo un observador hábil podrá averiguar si ese joven con medianas patillas, el pelo discretamente largo y gafas oscuras, y esa chica de melena lisa, son o no una pareja de niños de Serrano. No, no se crean que es tan fácil. Han pasado muchos años y la distancia produce raros efectos. Podría confundirse, por ejemplo, un niño de Serrano con otro especimen entonces bastante abundante, al que estudiaremos en el capítulo 2. Me refiero al llamado chico/a ye-ye.

Y como imagino en usted, amigo lector, una carcajadita irónica ante la idea de que alguien pudiera confundir a uno y a otro, paso rápidamente a describir la vestimenta de cada cual. Así de guapos íbamos todos, pero obsérvese la sutil diferencia:

Niña de Serrano

Chica ye-ye

NIÑA DE SERRANO	CHICA YE-YE
Falda mini: No demasiado corta y nunca tubo, como usamos ahora.	**Falda mini:** Muy parecida a la de la niña de Serrano, pero habitualmente confeccionada en terlenka.
Mini pull: Era un jersey, a veces de canalé, muy corto. Las más osadas enseñaban el ombligo.	**Mini pull:** Había cierta predilección por el rayón, y gustaban mucho los de rayitas fosforescentes.
Blusas: Muy ajustadas con largos cuellos.	**Blusas:** Aún más ajustadas y con cuellos todavía más largos.
Pantalones: Bajos de cintura muy apretados, pero acampanados abajo.	**Pantalones:** Iguales, pero aún más ajustados y más, más acampanados.
Zapatos: Un poco cuadradotes, de tacón gordo. Gustaban mucho unas botas acordonadas de arriba abajo que tenían un aire algo ortopédico.	**Zapatos:** El material favorito era el *skai,* muy vistoso, que realzaba mucho el calzado.

COMPLEMENTOS

Cinturones: O muy anchos o en forma de cadena. Las más pudientes los usaban de la marca Chanel.	**Cinturones:** O muy anchos o en forma de cadena. Las más pudientes los usaban de la marca Acme, que era la copia en latón de los Chanel.
Reloj: Cualquier marca a condición de que la correa fuera anchísima, casi como una muñequera. Este se usaba hasta que papá consentía en comprar el Rolex de rigor.	**Reloj:** Iguales al de la niña de Serrano, siendo remotas las posibilidades de que papá comprara el Rolex, puesto que no sabía lo que era aquello.
Gafas: En una época se usaban mucho las gafas Op art, que eran a cuadritos blancos y negros.	**Gafas:** Las gafas eran muy ye-ye y las más codiciadas eran las gafas Barbudo.
Chapitas: Hacia 1966-1967 se pusieron de moda unas escarapelas o chapitas con eslóganes. Lo elegante era que éstos fueran en inglés, y decían: *Ban the Bomb, Buaff* o *I want you for the US Army.*	**Chapitas:** Dado que llevar escarapelas en inglés hubiera sido ineficaz, pues no lograría retransmitir mensaje alguno, la chica ye-ye iba a lo práctico. Las suyas ponían: *El que se pique que se rasque* o *Tú serás mi baby.*

Niño de Serrano.

Algún sagaz observador podría argumentar que la única diferencia entre ye-yes y niñas de Serrano era simplemente económica —lana virgen en vez de rayón y franela contra terlenka—, pero yo no puedo hacer tal distinción. Mi espíritu de los sesenta me prohíbe ser tan repugnantemente clasista, así es que pasemos inmediatamente a los chicos.

En aquel entonces apenas había varones ye-yes, porque, desgraciadamente para los magos de la moda, el narcisismo indumentario aún no se había universalizado entre los hombres de todas las clases sociales, y sólo podremos describir a los niños de Serrano, que, pioneros ellos, ya daban mucha importancia al *look*.

He aquí su forma de vestir:

- **Pantalones.** De sport discretamente acampanados, incluso de colores distintos del azul, beige o gris, que era lo habitual hasta entonces.

- **Jersey.** A ser posible inglés. Las marcas preferidas eran Shetland, Bremer y Pringle, sólo aptas para bolsillos fuertes, o de la marca St. Michael, que, aunque barata, daba mucho pisto porque indicaba que uno era viajado.

- **Zapatos.** Siempre mocasines y frecuentemente de Castellano. Era de buen tono adornarlos introduciendo en la trabilla frontal una moneda, a ser posible extranjera.

- **Camisas.** En invierno, inglesas de viyela a cuadritos, e —indispensable— había que tener una amplia colección de *cols roulés* (cuellos cisne para los no iniciados). En verano era muy elegante usar camisas estampadas como las que podían adquirirse en Biarritz.

- **Gafas de sol.** El niño de Serrano tenía un aspecto deportivo que solía completar usando gafas de sol. No importa que uno estuviera tomando cervezas en un local oscuro, o que hubiera quedado para ir al cine, unas buenas Ray-ban daban siempre un aire muy *decontracté*.

INCINERAME EL CILINDRIN

Algunos intoxicadores —estalinistas, lo más probable— hicieron correr la voz de que los niños de Serrano usaban las frases que a continuación se reseñan. Ellos niegan rotundamente que tales palabras salieran jamás de sus labios.

- *Perdona que no te dé la mano, pero me apesta a volante.*
- *¿Te vienes esta tarde a tumbar aguja a la Cuesta de las Perdices?*
- *Oye, princesa, ¿me incineras un cilindrín?*
- *Salgo con un niño que es una gozada, veranea en San Sebastián.*
- *Gonzalo corre mañana en Montjuïc. ¡Ay, por favor, qué farde!*

Sean ciertas o no estas frases, algunas palabras son inequívocamente de los años sesenta. Por ejemplo, los chicos eran, en el léxico habitual del sexo opuesto, «niños» o «señores», y las chicas eran consecuentemente «niñas» o «señoras», lo cual no dejaba de resultar chocante, pues podía ocurrir que, tras anunciar un joven: «Esta tarde vendré con una señora que es un cañón», lo normal es que se presentara con una adolescente que aún usaba calcetines.

BODAS Y PUESTAS DE LARGO

Hablemos ahora de encuentros sociales. Es importante este apartado porque dice mucho sobre la forma de ser de los niños bien y de cómo era la vida entonces. Lo que van a leer a continuación les sonará casi antediluviano, pero está tomado de publicaciones de los años sesenta. Así reseñaba la conocida revista *Luna y Sol* un acontecimiento social. Igual, igualito que ahora, ya verán:

«Entre los acontecimientos sociales celebrados recientemente en los suntuosos y elegantes salones de nuestra ciudad, nos complacemos en destacar el siguiente.

»He aquí un grupo de invitados a la brillante fiesta ofrecida por los señores XX, él conocido empresario del ramo de la alimentación, con motivo de la puesta de largo de su hija, la joven y encantadora Elenita. Los ilustres convidados presenciaron la animada actuación de un cuadro flamenco y la velada se prolongó hasta altas horas de la madrugada.»

A continuación, para aquellos que aún no han logrado acostumbrarse a la sutil ironía e inteligente sentido crítico de nuestros actuales premios Pulitzer metidos a cronistas sociales (o cronistas rosas como ahora se llaman), les ofrezco otra muestra de cómo se contaban entonces las cosas:

«Francisco Javier y Carmencita, nietos de los condes de Tal y Cual, son una encantadora parejita que hace las delicias de sus papás y de cuantas personas les conocen. Sus pequeñas personalidades destacan en esta interesante *posse,* que con toda simpatía improvisaron para nuestro fotógrafo.»

(Ilustra el texto la foto de dos niños con trajecito nido de abeja y descalzos, que sonríen sentados sobre una mesa de robusta madera.)

Sin embargo, el acontecimiento social más sonado que podían protagonizar los jóvenes de casa bien era, naturalmente, una boda. En aquel entonces, en el que salir en las revistas era sólo cosa de artistas, flamenconas y alguna que otra emperatriz destronada, la buena sociedad aparecía fugazmente en las páginas de alguna publicación escogida con ocasión de su boda. Y las crónicas solían ser así:

«Menganita de Tal, hija de los marqueses de Tal y Tal, ha contraído matrimonio con Perengano, hijo de los barones de Cual. La gentil desposada lucía traje de brocado, y en el tocado, magnífica diadema de brillantes con gruesas perlas, perteneciente a su tía y madrina de pila la duquesa de Tal para Cual. Actuaron como padrinos en representación de SS. AA. RR. los condes de Barcelona, el padre de la novia y la madre del novio.»

Y otro ejemplo algo más plebeyo:

«En la basílica de X se ha celebrado el enlace de la distinguida señorita XX con el ingeniero industrial don YY. Bendijo la unión fray P, que, después de ferviente plática, dio lectura a un telegrama de SS. Pablo VI con su especial bendición para los nuevos esposos. La bellísima desposada lucía un precioso traje de *Chantung* natural, tocado de velo de tul ilusión con flores y se adornaba con pendientes de gruesa perla. Terminada la ceremonia, los numerosos invitados se trasladaron al hotel H, donde fueron obsequiados con un exquisito *lunch*.»

BOÎTES, GUATEQUES Y DEMAS BAILONGOS

Los guateques solían tener un público muy joven, pues, en cuanto crecían un poco, chicos y chicas preferían ir a las *boîtes,* ya fuera en su sesión vespertina o bien nocturna. Este tipo de festejo casero podía ser de dos tipos:

1) Los organizados por los padres, que solían ser un pestiño, pues a menudo ni siquiera el dueño de la casa conocía a la mitad de los invitados, ya que las madres aprovechaban siempre para quedar bien con sus amigas invitando a los hijos de éstas, que invariablemente eran pesadísimos o feos o mudos. Los guateques organizados por los padres tenían la ventaja de contar con el apoyo logístico de una casa bien organizada; es decir, sandwiches de salón de té, servilletitas de hilo e incluso, a veces, bebidas alcohólicas de buena calidad, pero pecaban de formales. Todavía hoy se recuerda el caso de un joven que, al ser preguntado si iba a dar un guateque por su cumpleaños, contestó que le era imposible porque estaban a principios de septiembre y en su casa «aún no habían sacado la plata».

2) Los guateques más divertidos eran los organizados sin papá y mamá. Todos aportaban algo: las chicas,

KANO
BEATLES

patatas fritas o mediasnoches de jamón, y los chicos, el whisky, la ginebra y el ron, que mezclaban con arrojo. El guateque tenía su ritual, que nadie se tomaba la molestia de cambiar, aunque fuera bastante absurdo. La velada solía comenzar con todas las niñas cuchicheando por lo bajini en un lado y los chicos en otro hablando a voces y procurando entonarse a golpe de cubalibre. A medida que la noche avanzaba y el ron y la ginebra fluían, una mano anónima se encargaba de bajar la intensidad de la luz. Con anterioridad a esto, otra mano también anónima había dejado caer en la coca-cola o el san francisco de alguna incauta una sustancia misteriosa llamada clorhidrato de yohimbina o una centramina desviada de su uso rutinario en la preparación de exámenes de última hora. Ambos preparados poseían, según se dice, un efecto afrodisíaco irresistible. Sea como fuere, para cuando se bajaban las luces y comenzaban a sonar los «lentos»: *Rain and tears,* o aquella canción de Víctor Manuel llamada *Quiero abrazarte tanto,* es decir, más o menos hacia el final de la velada, para desgracia de todos los presentes, las distancias se habían acortado. Ya todos bailaban «agarrado», los chicos intentando acariciarle la nuca a su pareja, pues entonces se decía que aquello era muy, muy estimulante, y las chicas haciéndose las estrechas. Esta actitud no había más remedio que adoptarla. No porque a ellas les gustara, sino porque siempre había cinco o seis arpías rondando por ahí que, a falta de pareja de baile, se dedicaban a vigilar a las frescas que habían conseguido ligarse a un pollo. Eso de decir «pollo» era muy elegante, como seguramente recordarán.

La verdad es que entonces el asunto del ligue era complicado, sobre todo para los chicos, y se prestaba a situaciones horriblemente embarazosas. No me refiero a situaciones realmente delicadas como proponerle a alguien la aventurita de una noche, eso ni se planteaba, sino a cosas bastante normales que podían llegar a provocar muchos sudores fríos y rubores. Por ejemplo, estas dos preguntas angustiosas:

- ¿En qué momento puedo cogerle la mano a Piluca?
- ¿Cuántos vodkas me tendré que tomar para atreverme a darle un beso a Rocío?

Las relaciones estaban bastante condicionadas por las formas, por lo que estaba bien y no estaba bien, por lo que se decía y lo que se callaba, y en este sentido es necesario reseñar lo útil que resultaba el recurso al eufemismo. Cualquier cosa que se quisiera decir había que rebajarla dos o tres tonos de intensidad para que «sonara bien». He aquí una muestra de lo socorrido que resultaba el eufemismo.

CUANDO UN CHICO DECIA	EN REALIDAD QUERIA DECIR
Oye, sabes que no estás nada mal.	¡Cómo me gustas, Beatriz!
¡Cómo me gustas, Beatriz!	¡Cómo me gustaría poder..., en fin, tú ya me entiendes!
¡Cómo me gustaría poder..., en fin, tú ya me entiendes!*	¿Por qué no vamos a mi casa? Mis padres están fuera y el criado es sordo como una tapia.

* Esta última frase, rara vez podía oírse entera, pues era preceptivo que Beatriz la silenciara por medio de una bofetada, o, aún mejor, un *uppercut* a la mandíbula.

En vista de las dificultades de todo tipo que planteaban las chicas indígenas, los niños bien acabaron descubriendo a las extranjeras; era natural.

HOY SALGO CON UNA FRANCESA

En los sesenta si uno quería quedar como un héroe entre sus amigos lo único que tenía que hacer era ligarse a una extranjera. ¡Ah!, pero en todo hay clases. No servía una extranjera cualquiera. Por ejemplo, las famosas suecas, que todos recordarán, no tenían casi *glamour* para los niños bien, ni las americanas, a menos que fueran chicas conocidas, ni tampoco las inglesas. Lo realmente excitante era ligar con una francesa. El mercado de francesas era algo reducido y eso aumentaba su interés. Podían encontrarse en los sitios de veraneo o en algún colegio mayor. El gran éxito de las chicas del vecino país se debía sobre todo a dos cosas. Por un lado, ellas no eran estrechas como las españolas, y, por otro, tenían mundo, sabían vestir bien y se las podía llevar a cualquier sitio sin que desentonasen. Llegar a una *boîte* del brazo de una francesita, por ejemplo, invitarla a una leche de pantera* y luego arrullarse al son de *Le métèque*, mientras todos los amigotes miraban muertos de envidia, era... (dicho en palabras del momento) ¡era una supergozada, tú! De todas formas hay que añadir que los afortunados ligones de entonces reconocen hoy, con la humildad que proporciona el tiempo transcurrido, que ligarse a las francesas no tenía tanto que ver con el atrac-

* La leche de pantera era un veneno muy de moda entonces, que consistía en leche (o leche condensada en los casos más graves) mezclada con whisky o ginebra.

tivo personal como con un atractivo espurio: según un amigo mío, gran conquistador de entonces, lo que realmente rendía a las chicas no eran unos ojos lánguidos ni una sonrisa torcida a lo James Dean, ni siquiera un aire torturado a lo Montgomery Cliff, no, lo que realmente las dislocaba era... la marca del coche con el que las iban a recoger.

MY TAILOR IS RICH

Y hablando de extranjeras no hay más remedio que dedicarle unas líneas a los viajes. Allá por los años sesenta, los niños bien, o más concretamente sus padres, comenzaron a darse cuenta de lo importante que era abrirse hacia el exterior. Hasta ese momento hablar idiomas no era imprescindible. Es cierto que algunas personas hablaban algo de inglés o preferentemente francés con acento impecable, pero sus conocimientos del idioma se reducían al vocabulario de un niño de diez años, edad en la que la *mademoiselle* o la *nanny* había terminado su meritoria misión. De todos modos, hasta los sesenta, dominar un idioma no era socialmente obligado y se quedaba muy bien teniendo sólo un conocimiento gastronómico de los mismos. Es decir, la gente bien sabía lo que era una *vichyssoise* o un *steak tartare*, pero poco más, y de hecho bien podían haber protagonizado alguna vez una anécdota parecida a la que vivió en los años sesenta cierto caballero tres veces Grande de España durante una cacería en Escocia.

Cuentan que este linajudo personaje, queriendo agradecer la hospitalidad de su anfitrión tras un agradabilísimo fin de semana, se puso en pie, alzó su copa, y, con voz clara y firme, dijo en su mejor inglés: *Gentlemen, thank you very much and... God «shave» de queen!**.

Consciente tal vez de que tales patinazos no beneficiaban nada la fraternidad entre los pueblos, mucha gente bien decidió enviar a sus hijos a estudiar fuera. Los dos lugares más solicitados entonces eran Irlanda e Inglaterra, por eso muchos jóvenes tuvieron que pasar algún que otro verano en tan verdes tierras, con desigual fortuna. Para algunos, aquellas obligadas vacaciones resultaban una cura de adelgazamiento, pues los buenos desayunos ingleses no lograban compensar los inolvidables almuerzos a base de cordero con salsa de menta, ni las no menos memorables cenas de salchichas con *baked beans*. Pero aun así, a pesar de las penurias, muchos chicos acabaron aprendiendo idiomas. No exactamente el inglés, porque las clases resultan siempre aburridas cuando se tienen quince años y se está de vacaciones, pero muchos de ellos lograron llegar a conocer los rudimentos básicos del italiano y del francés, manejando con soltura frases tan útiles como *Ti voglio tanto bene*, por ejemplo, o *Voulez-vous coucher avec moi?*

Los sesenta, dicen, fue la década del amor; no es extraño por ello que los conocimientos lingüísticos estuvieran también condicionados por tal circunstancia.

LOS *HOBBIES*

Había en aquel entonces dos actividades que tenían gran número de adeptos entre los jóvenes. Una era es-

* *God shave the queen* significa «Dios afeite a la reina». Lo que nuestro amigo quiso decir era, obviamente, Dios salve a la reina.

cuchar o hacer música, de ello se hablará en el capítulo 3, y la otra era la pasión por los coches.

Quienes hayan reparado en el extraño fenómeno de que hoy, en plena década de los noventa, todas las personas que toman parte en los concursos televisivos desdeñen viajes alrededor del mundo, apartamentos en la playa y un sinfín de *gadgets* carísimos, con tal de ser agraciados con un coche, seguramente no se sorprenderán al recordar la locura automovilística que imperaba en los años sesenta. Verdaderamente, algo freudiano tiene que tener tal invento para que sea objeto de tantas pasiones, pero ése es un estudio que escapa del marco de este libro.

El hecho cierto es que, al igual que un caballero de la Edad Media no era nadie sin su caballo, aunque tuviera la armadura más brillante y el penacho más lustroso, un chico bien sin coche era más o menos un cero a la izquierda.

No es de extrañar, pues, que se desarrollara entre los jóvenes que podían permitírselo la cara afición por los coches preparados. El popular seiscientos podía adquirir un aire sofisticado, deportivo y quedaba muy fardón si se le ponían ruedas anchas (siempre de cinco pulgadas y media, por favor). También podía deformarse un poco la carrocería añadiéndole unos Spiolers. Pero en este último punto había que ser muy cuidadoso, porque la frontera entre el farde y lo hortera era borrosa y a poco que se pasara uno en su afán reformista podía convertir un magnífico bólido de carreras en un cacharro impresentable.

Huelga el decir que los forofos de la velocidad probaban su suerte en todo tipo de *rallies* y circuitos. Los catalanes, para envidia de los habitantes de otras regiones, tenían la suerte de contar con un circuito internacional: en el circuito urbano de Montjuïc se celebraba anualmente una prueba puntuable para el campeonato del mundo, y antes de que Jim Clark o Graham Hill entraran en carrera, solía celebrarse otra competición de coches preparados en la que tomaban parte pilotos *amateur*. Intervenir en una de estas carreras, hablar de bielas con un mecánico de Jim Clark o simplemente pasearse enseñando un pase de *boxes* era..., bueno, era el no va más.

Pero había otras muchas ocasiones en las que poder demostrar destreza al volante. Solían celebrarse distintas subidas en cuesta, *rallies* y carreras casi todos los fines de semana, y eran multitud los niños bien que participaban en ellos. El único inconveniente era, cómo no, económico. En aquella época apenas se conocían los *sponsors* y los gastos de coche, equipo, desplazamiento, etc., solían correr por cuenta de papá. Resultaba carísimo, es cierto, ¡pero era tan emocionante ir toda la familia los domingos a ver cómo Menganito Niño Bien luchaba contra el cronómetro y lograba salir airoso de dos o tres *tête-a-queue* escalofriantes!

¿TU COCHE TIENE ASIENTOS BAQUET?

Los turismos de uso normal también reflejaban la fiebre de velocidad que había. Era muy elegante, por ejemplo, cambiar el volante de serie de los Minis por otro de menor diámetro forrado de cuero, que daba muchísimo más control sobre el vehículo. Pero el no va más era instalar en el coche asientos Baquet. Para aquellos profanos que no conozcan este término habrá que aclarar que los asientos Baquet eran algo especial. Se fabricaban en cuero, eran bajos, recogidos y sujetaban a la perfección los riñones. El hecho de que, al ser tan sumamente bajos, apenas permitieran al intrépido conductor asomar los ojillos por encima del salpicadero era un asunto menor, trivial, sin importancia. Lo que contaba era el efecto apabullante que producía salir de un coche tan bien equipado.

DEL ADULTERIO Y OTRAS PASIONES

Imaginemos ahora a nuestro amigo Menganito Niño Bien con unos años más, y ya convertido en padre de familia, para poder hablar del adulterio en los años sesenta.

Como ocurre en todas las épocas, en la década de los sesenta existían dos tipos de adulterio que, por sus componentes sociológicos y también psicológicos, habría que diferenciar. El primero es el adulterio muy *fin de siècle*, intersocial; es decir, entre personas de distinta extracción social. El ejemplo más clásico es el de un hombre de buena posición y una chica de «fuera de su mundo», como se decía entonces. La chica, para que la relación tuviera todos los ingredientes de romanticismo, pasión, etcétera, tenía que ser una mujer decente que había acabado cediendo, muy en contra de sus principios, a los irresistibles encantos de él. Las más expuestas a ese tipo de romance eran secretarias, enfermeras, azafatas, y recibían de la sociedad el nombre de queridas. El término «querida» es muy típico del período franquista, quizá debido al afán eufemístico de la época, que impedía que se hablara de «amante». Aunque el término en sí tenga, en abstracto, un sentido amable, al pronunciarse, «querida» solía adquirir un tono amargo y desdeñoso.

Este tipo de relación tenía por escenario un pisito discreto en algún edificio de apartamentos. La verdad es que tampoco importaba mucho que el lugar fuera discreto porque, en aquel tiempo en el que el ojo chismoso de la prensa aún no se fijaba en la vida privada de nadie, la sociedad más o menos aceptaba que un señor tuviera su querida. Y si alguno de estos díscolos caballeros acertaba a tropezar un día por la calle con una amiga de su mujer mientras se encontraba en compañía de una señorita, un ligero saludo impersonal con la cabeza o un buenas tardes de trámite era suficiente para salvar el escollo, al menos de momento. La dama se alejaba pensando que todos los hombres eran unos golfos, y presta a adobar tan suculento chisme para contárselo a otras en la primera ocasión. Lo que era casi seguro es que la noticia jamás llegaría a oídos de la esposa engañada. Esta era siempre la última en enterarse, no tanto por caridad cristiana como por un comprensible temor a que, al entrar en el terreno de las confidencias, la esposa engañada, para agradecer el que le hubieran abierto los ojos, también se viera en la obligación de retribuir la confidencia de su buena amiga con otra sobre las andanzas de su marido. Ya lo decían las madres de entonces: con los hombres lo mejor siempre es hacerse la tonta y no darse por enterada, pues todas sabían que, aun en los libertarios años sesenta, era muy improbable que un hombre abandonara a su legítima para irse con una querindonga. Además, así como un hombre engañado ha sido siempre objeto de chufla, una esposa que sufría en silencio las infidelidades de su marido, tenía algo de heroico y abnegado. Dos virtudes que han sido hasta hace muy poco un hermoso adorno femenino.

CAVIAR, AMOR Y FANTASIA

El segundo tipo de adulterio tiene otro perfume. Un perfume a Chanel N.º 5 o Miss Dior, un aroma, en fin, a señora bien.

Aunque el adulterio femenino estuviera penado en los años sesenta como delito*, no todas se resignaban a ser la perfecta casada. A muchas no les bastaba con el entretenimiento indudablemente *chic* de jugar al *bridge* o al *gin-rummy* e iniciaban romances con otros hombres, aventura, por otro lado, tan vieja como el mundo. El elegido pertenecía invariablemente a su ambiente, pues aun cuando el final de la década trajo consigo aires de igualdad y fraternidad, el que una mujer que se enamorara de un hombre fuera de su mundo resultaba francamente raro. La única excepción permitida desde siempre era perder la cabeza por un torero, por ejemplo, porque eso

* Véase el apartado «Soy tuya porque lo dice un papel».

sí tenía una aureola romántica y apasionada (y cierta sociedad aún recuerda algún caso sonado que se dio en aquella época).

Con todo, hay que afirmar que aquellos romances, con frecuencia entre parejas amigas, tenían más de platónico que de otra cosa. Bastante se jugaban ya ellas el tipo acudiendo a citas clandestinas en cafeterías de barrios periféricos como para llegar a mayores. Sin embargo, a medida que avanzaba la década, «estar liada» (nótese la diferencia: ellos tienen «queridas» y ellas «están liadas con») se hizo bastante más común, y lo que solía comenzar en un coqueteo más o menos público en la fiesta de Tal o en la *boîte* Cual, a menudo acababa en una romántica cita fugaz en París o Londres.

La mesa petitoria: un must *para las señoras bien de entonces.*

EVOLUCION DE LA PRIMERA ESPECIE

Así era más o menos la gente bien en los sesenta. Dediquemos unas líneas a ver cómo ha sido la evolución de esta especie. En realidad, los niños bien no han sufrido grandes cambios. Es cierto que algunos de ellos creyeron que, cuando se hicieran mayores, podrían seguir viviendo como lo hacían sus abuelos y que la maldición bíblica de ganarás el pan con el sudor de tu frente no estaba dirigida a personas de su talento, pero éstos fueron los menos. El prototipo del señorito, aún frecuente en los sesenta, ése cuya única misión en la vida era tomar copas, cazar y casarse con una santa que le aguantara todas sus malcrianzas, es hoy una especie en vías de extinción. Actualmente es más fácil encontrar a menganito Niño Bien convertido en un exitoso banquero, hombre de negocios o intermediario de lujo, que vive, más o menos, al mismo nivel que lo hacían sus padres si no mejor. El tampoco a renunciado a sus *hobbies* de entonces, y si ahora, en vez del coche preparado, le interesa más el golf o la vela, aún es capaz de sorprender a Anselmo (su chófer) con sus nociones de mecánica. No es que el motor del Mercedes que ahora posee o el del Range Rover se parezcan nada al de aquel primer Mini Cooper que él destripaba con tanta maestría, pero cuando se trata de descifrar ruiditos sospechosos a ciento ochenta por hora, no tiene rival. Y ahora sí ha llegado el momento de cambiar de tercio. Atrás quedan estos afortunados jóvenes convertidos en hombres de pro, para ir al encuentro de otro grupo que habría de encarnar lo que hoy se entiende por el espíritu de los sesenta. Me refiero a los miembros de la legendaria, controvertida e iconoclasta España de los progres.

3. Los progres

Seamos realistas, pidamos lo imposible

Este es el grupo más característico de todos los que en el libro se retratan, el único genuinamente sesentista. Dígase lo que se diga, y a pesar de que los tiempos cambian que es una barbaridad, lo cierto es que los niños bien de entonces no eran tan, tan distintos de los de ahora. Y en cuanto a la España tradicional, que veremos en el próximo capítulo, ésta sigue sorprendiéndonos de vez en cuando, sobre todo cuando se leen las páginas de sucesos...

Sin embargo, existió en los sesenta otro grupo que llegaría a ser tan importante que acabó dando carácter a aquella famosa década. Hablamos, cómo no, del mítico grupo de los progres.

De hecho esta especie, entonces tan fundamental y ahora casi extinta, es la razón principal por la que se ha escrito este libro. Tal vez usted como yo, al ver una foto de antaño en la que aparece, pongamos por caso, un tipo luciendo una tupida barba a lo Che Guevara y con un aire *enragé*, como diciendo: «Todo esto hay que cambiarlo y yo mismo me voy a ocupar de que así sea», se pregunte qué fue de aquel espíritu combativo e idealista que animaba a todos a querer arreglar el mundo. Y al recordar todo eso veintitantos años después quizá se le ocurra pensar cómo esos mismos jóvenes, o usted mismo —con algunas canas de más, eso sí—, se encuentran ahora cómodamente instalados en la sociedad de consumo entonces tan denostada, y sin haber cumplido la santa cruzada que se habían propuesto... Pero no es mi intención el arruinarle el día haciendo de Pepito Grillo, un bicho tan feo como incordiante, no, lo que yo le propongo es otra cosa. Si usted en los sesenta estaba convencido de que podía mejorar el mundo y hoy sólo aspira a mejorar su nivel de ingresos, si entonces se confesaba rendido admirador de Marx, Mao y Marcuse, y hoy la única eme mayúscula que le resulta admirable es Madonna, tal vez se entretenga recordando cómo éramos entonces. Y no con ánimo de sacar ninguna conclusión —*vade retro* Satanás—, sino por el mero placer de revivir un tiempo que, el que más y el que menos, recuerda como los mejores años de su vida.

ALGO EMPIEZA A CAMBIAR

Antes de pasar a describir a los progres, sus actitudes, esnobismos y otras manías, sería conveniente hacer un pequeño resumen que ayude a entender por qué eran de la forma que eran.

Hacia mediados de los sesenta algo había comenzado a cambiar en España. Había crecido toda una nueva generación que nunca conoció la guerra y que, por tanto, no temía a sus muchos fantasmas. Además, la industrialización española, tantas veces demorada, tiene lugar al fin, propiciada por el Plan de Desarrollo del 59 y una excelente coyuntura internacional. Este hecho va a producir una elevación del nivel de vida y la aparición de la sociedad de consumo, fenómeno al que contribuye la televisión, que ha comenzado a generalizarse a partir de mediados de la década. Pero también se producen otros cambios: la sociedad —gracias en parte al turismo— va adquiriendo algunos rasgos importados: las costumbres morales se hacen menos rígidas y se impone, poco a poco, una secularización de la sociedad, ante la reprobadora mirada del Régimen que veía cómo sus hijos se iban alejando más y más de la llamada moral española tradicional, sin poder hacer nada ya por evitarlo.

Y es que el franquismo estaba envejeciendo. Las nuevas generaciones, al contrario que sus padres, no parecían temer su autoridad, y empezó a generalizarse una actitud abiertamente hostil contra la dictadura. Puede decirse que la estructura política tan autoritaria que hasta entonces había funcionado no fue capaz de afrontar los problemas de una sociedad en desarrollo, y los choques surgieron en cuatro frentes: el obrero, el universitario, el nacionalista y, también dentro de una institución que había sido firme soporte del Régimen en sus primeros años, la Iglesia Católica. Si a estos cuatro unimos un quinto frente muy pequeño en número pero importante por su especial significación, como son los monárquicos, tenemos el panorama completo de lo que se llamó la oposición franquista. Y todos ellos, como seguramente recordarán, recibían del Régimen el apodo de rojos, tontos útiles y muchas otras lindezas por el estilo. Lo cierto es que, tal como ocurre este tipo de cosas, de pronto resultó que era de buen tono el ser de izquierdas, tal como hoy lo es el confesarse ambicioso o pragmático. Aunque hay que aclarar que ser de izquierdas entonces no quería decir estrictamente ser marxista. No, lo único que quería decir era que se estaba contra Franco, puesto que él encarnaba la derecha. Así, en España, llegó a producirse un curioso fenómeno:

TODOS CONTRA FRANCO

Díganme: ¿Qué pueden tener en común un trotskista y un monárquico de toda la vida? ¿Y un anarquista con un cura? Pues hubo un tiempo en el que gente tan dispar llegó a confraternizar muchísimo en este país, puesto que todos tenían un enemigo común. Según parece, al ser humano le resulta más fácil unirse contra alguien que por alguien, y de este modo surgen extraños camaradas. Entre todos ellos nosotros vamos a recordar al más representativo de los antifranquistas, el denominado «progre», no sólo por la importancia que alcanzó entonces en la lucha contra Franco, sino porque ese mismo progre, ahora reciclado, representa un grupo muy fuerte e importante en la vida de este país. De sabios es cambiar de opinión, dice un refrán español, mientras que los franceses opinan que el que no es de izquierdas a los veinte años no tiene corazón y el que lo sigue siendo a los cuarenta no tiene cabeza. Por todo esto y porque es divertido revivir viejos tiempos vamos ahora al encuentro de la vieja y olvidada progresía.

MADRID
KANO

RETRATO DE UN PROGRE

Entre todos los que formaban la oposición al Régimen —estudiantes, curas, obreros, nacionalistas y también, aunque hay quien no está de acuerdo, monárquicos— fue configurándose un subgrupo muy particular. Tal vez tuvieran como rasgo común el ser más europeos que el resto de sus congéneres, al fin y al cabo su actitud antiburguesa pero ilustrada era muy similar a la de otros jóvenes del extranjero. Pero éste no pretende ser un libro sesudo, así es que vamos a empezar por describir al progre por su aspecto externo y ya verán cómo esto dice mucho de su actitud ante la vida.

DE ARRIBA ABAJO

En los sesenta TODO lo que uno hacía podía constituir una manifestación política. Ir a un concierto era hacer política, participar en una sentada, hacer el amor con una amiga, leer a Camus o aburrirse mortalmente con una película de arte y ensayo, todo, todo era hacer política. Y, naturalmente, dejarse el pelo largo o vestir de esta o aquella forma ídem de ídem. El prototipo del progre era joven, idealista y algo intransigente. Pero para hacer un análisis minucioso del personaje empecemos por arriba, es decir, por la cabeza y más concretamente por la barba. A ustedes tal vez les parezca una frivolidad el analizar a alguien por el tipo de adorno piloso que elige, pero el asunto tiene mucho de psicológico, ya verán. En los sesenta llevar barba era todo un símbolo, un modo de demostrar la forma en que uno pensaba. Tanto es así que aún hay quien recuerda esta barbuda anécdota:

> Ocurrió en el homenaje (prohibido) a Antonio Machado que tuvo lugar en Baeza, en el año 1966. A él asistió la crema de la intelectualidad —Aranguren, Alexandre, Barral, Delibes, Buero y también la joven guardia: Javier Solana, Vicente Molina Foix, Terenci Moix... «¡Libertad! ¡Dictadura no!», gritan los asistentes, y las fuerzas de orden público, desplegadas al efecto, cargan sobre los manifestantes. Al poco rato, una columna de detenidos cruza en fila india la plaza de Baeza camino del calabozo municipal. En la última batida se ha detenido a todos los que ofrecen aspecto «sospechoso», entre ellos el pintor Eduardo Urculo, que se encontraba en compañía de Santiago Roldán. Sin embargo, a este último la policía no le molestó y pudo volver a su casa sin tropiezos. ¿La razón? Un simple problema de barbas: Santiago Roldán había acudido a la concentración antifranquista con aspecto «respetable», es decir, iba bien trajeado y con la cara afeitada.

BARBAS Y BARBUDOS

Pero había en los sesenta barbas y barbas. He aquí lo que un observador perspicaz podía descubrir bajo tan peludo adorno:

TIPO DE BARBA	TIPO DE PROGRE
 BARBA A LO CHE GUEVARA, ES DECIR, SIN RECORTAR, QUE DABA AL PORTADOR EL ASPECTO DE HABER PASADO LOS ULTIMOS MESES EN LA SELVA BOLIVIANA.	Barba progre por excelencia. Daba a entender que uno detestaba lo burgués y que estaba dispuesto a luchar para cambiarlo todo. También indicaba que uno era solidario con los marginados del Tercer Mundo, que adoraba al buen salvaje, etc…
 BARBA MODELO ABRAHAM LINCOLN.	Tenía aire más intelectual, tal vez por ser la preferida de Carlos Barral. Muy apropiada para jóvenes autores de manifiestos incendiarios y tampoco desentonaba en un poeta.
 BIGOTE Y PERILLA MODELO TROTSKI.	Contrariamente a lo que pueda suponerse, no era una barba propia de trotskistas, ni anarquistas ni nada de eso. Esta barba tenía sus adeptos entre pintores, artistas y hombres de refinada sensibilidad no exenta de coquetería.

TIPO DE BARBA	TIPO DE PROGRE
 BARBA POBLADA A LO MARX.	Propia de progresistas de una cierta edad con aire patriarcal y aspecto imponente, de los que tarde tras tarde arreglaban el mundo desde la mesa de un café.
 BARBA TIPO PABLO IGLESIAS.	He aquí una barba idealista pero pragmática, progresista pero práctica. Una barba presta a ponerse en remojo cuando la del vecino viera pelar. Una barba, en fin, que, con el tiempo, se ha sacudido todo el polvo del pasado y que ahora huele a *«Eau Sauvage»*, de Christian Dior.
Y por último hablemos de bigote: 	El bigote era un adorno peligroso para el progre, porque durante años fue monopolizado por los franquistas. Sólo se toleraba el bigote poblado modelo foca.

CUANDO LA BUFANDA DEJO K.O. A LA CORBATA

Bajando por la anatomía de este progre-cliché al que estamos describiendo, pronto se encuentra uno con otra zona corporal idónea para demostrar una personalidad antiburguesa, antifranquista, antirreligiosa y, en fin, anti... (rellénense los puntos suspensivos con cualquier otro sustantivo al gusto). El cuello jamás debía ir adornado por una corbata, que era una prenda reaccionaria y simbolizaba, más o menos, la soga que la sociedad pretendía poner al cuello de todo sufrido ciudadano. Tan bajo llegó a caer su popularidad que muchos eran los que se vanagloriaban de no poseer ninguna corbata o una a lo sumo, que solían ponerse para visitar a su madre o asistir a un funeral. Para sustituir tan desagradable adorno se podía recurrir a las siguientes prendas:

- **El cuello cisne**. Que daba un aspecto entre convencional y progresista (difícil mezcla, ¿verdad? Pregúntese la receta a algún líder sindical).
- **Camisa polo o a cuadros de viyela**. Se lucía siempre bajo un jersey y era la favorita entre los estudiantes.

Y por fin, el estandarte, el pendón por excelencia:

- **La bufanda**. Tan indispensable prenda se usaba independientemente de la temperatura reinante, era con frecuencia de color rojo y sólo descansaba en los armarios durante el mes de agosto puro y duro, cuando llevar al cuello prenda tan lanuda podía producir una urticaria o un desagradable brote de sarampión. De hecho, la bufanda es la única prenda progre que ha resistido el paso del tiempo y el cambio de mentalidad. Aún son muchos los antiguos progres que lucen bufanda sobre la chaqueta de buen paño. ¿Será como marca de origen? ¿O será una concesión a la nostalgia?

DE LA TRENCA* A LAS BOTAS

Para completar el retrato de un progre de pro, es preciso recordar otras tres prendas:

- **La trenca**. Era una especie de trinchera de paño con botones de madera, que se usaba en toda ocasión, servía para ir a las manifestaciones, tomar chatos con los amigos e incluso se usaba para ir de boda.

  En efecto: cuando se quería reventar una boda, ya fuera propia o ajena, y dar la campanada, lo mejor era aparecer de trenca. Así, los parientes burgueses y fachas, que se habían puesto sus mejores galas para asistir a tal evento, quedaban convenientemente escandalizados cuando el novio/pariente/amigo se presentaba a la ceremonia sin afeitar y provisto de la inefable trenca.

* La trenca, curiosamente, tiene un origen muy conservador. Era una prenda de uso reglamentario en la Royal Navy británica.

- **El jersey**. Desterrada la corbata, la chaqueta —o americana como se llamaba en ciertos ambientes— sufrió un eclipse en beneficio del jersey, que solía ser por lo general de lana algo rústica y con cuello a la caja. Al principio de la década, tal atuendo causaba irritación y sorpresa entre las personas mayores. Hay quien recuerda el caso del profesor Prieto Castro que, cuando tan singular moda llegó a las aulas universitarias, comentó señalando a un alumno ataviado con jersey y camisa: ¡Qué horror! ¡Ahí hay un alumno que está desnuuudo!
- **El pantalón de pana**. Otra prenda que distinguía al joven progresista era el pantalón de pana, pero pasemos velozmente por encima de tan gran topicazo para describir otro punto interesante, como el calzado.
- **Botas**. Entre un determinado grupo de jóvenes estuvo de moda el usar botas. Eran muy cortas y cuadradas. Vistas ahora producirían verdadero espanto, pero tenían la indudable ventaja de ser muy útiles a la hora de correr delante de los «grises». También, hacia finales de la década los más viajados traían de Londres unos botines acordonados de piel vuelta llamados *desert boots*, que eran muy apreciados en los ambientes selectos de la progresía.

Y, por último, para finalizar este recorrido por la indumentaria, no hay que olvidar la ropa para-militar: pantalones, cazadoras, etc., etc., que contribuía a dar ese aspecto entre inconformista y un tanto desarrapado que entonces privaba.

LA CHICA PROGRE

Las chicas progres estaban tan inflamadas por la causa antifranquista como sus compañeros (ya saben, en aquella época todos éramos compañeros, camaradas y, en fin, ese tipo de vocablos fraterno-marxistas que hoy huelen un poco a naftalina). Ellas, en su gran mayoría, asistían a la universidad y jugaban también un papel importante en la lucha política. Las chicas eran las encargadas de pasar a máquina manifiestos, panfletos y otros materiales clandestinos, además de ocultarlos en sus casas con gran riesgo personal. Más de una llegó incluso a atascar el retrete familiar al deshacerse de material comprometedor, una vez que su novio o camarada fuera detenido por la policía. Aún no había arraigado demasiado la conciencia feminista que llegaría luego, en los setenta, y ellas se encargaban gustosas de preparar café para el amigo agotado de pegar panfletos en la boca del metro, pues tenían una actitud bastante convencional en este aspecto. De todos modos, eran luchadoras incansables por la causa, y les voy a contar una pequeña historia en la que se combina esa actitud femenina convencional con el ánimo comprometido de entonces. La anécdota bien podría llamarse:

El día en que Mariana Pineda abrazó la causa castrista

Un grupo de jóvenes entusiastas, algunos de los cuales son hoy personajes de lo más relevante, decidieron hacer un homenaje a la Cuba castrista. Acababa de fracasar el desembarco de Bahía Cochinos y se encargó a las chicas del grupo que confeccionaran una bandera para más tarde llevarla al monumento a Cuba, que existe o existía en el madrileño parque de El

Retiro. Llenas de espíritu revolucionario, las chicas —que no tenían ni idea de costura— empezaron por buscar tela azul, blanca y roja con que confeccionar el estandarte cubano. Para el blanco usaron una sábana de hilo sustraída a escondidas del ropero familiar, que recortaron sin temor. Luego compraron uno o dos metros de canutillo azul, que era lo más práctico y barato, y al no encontrar tela roja, una de las chicas tuvo una idea: había por casa un vestido de fiesta que otra amiga le había prestado a esta revolucionaria joven. En vista de que no se hallaba nada mejor, ella y sus compañeras decidieron cortar un trozo del traje, convencidas de que la propietaria, que era también idealista, comprendería que se trataba de un caso de fuerza mayor. Una vez terminada la labor de aguja, todo el grupo se desplazó al parque con la idea de leer una carta de protesta y colgar la bandera. Llovía a mares y, para colmo, cuando llegaron allí, encontraron que el monumento estaba custodiado por la policía, por lo que hubieron de dispersarse a gran velocidad, perdiendo en la carrera el estandarte confeccionado con tanto esmero.

Epílogo. Todo acabó en una tarde pasada por agua y algún que otro catarro, y siento decirles que el final de la historia no recoge cuál fue la reacción de la dueña del vestido de fiesta rojo al enterarse de que éste había sido utilizado para confeccionar una bandera castrista.

LA MODA REVOLUCIONARIA

Así como era de buen tono el que los chicos ofrecieran un aspecto algo cutre o desaliñado, las chicas, en su mayoría, y hasta que los aires hippies invadieron el panorama, solían ir bien arregladas. Su forma de transgredir las normas establecidas consistía en lucir minifalda, especialmente en los sitios donde aquello podía resultar un escándalo. El *look* se completaba con botas (algunas tan altas que subían hasta el muslo). No estaba bien visto llevar joyas, como no fueran collares de cuentas o algo muy artesanal proveniente de la India o de Latinoamérica. De los metales nobles el único aceptado era la plata, pero, eso sí, siempre que su diseño fuera rústico y austero. Más adelante todo esto se fue acentuando hasta llegar a un aspecto a lo Joan Báez de cabellos muy largos y lacios, faldas hindúes y pies descalzos.

En realidad, para entonces ya estaba muy mal visto eso de preocuparse por el aspecto externo. Teniendo la cabeza llena de temas tan trascendentales como el hambre en Biafra o la explotación del hombre por el hombre en los países de América, se hubiera considerado una frivolidad imperdonable el poner atención a esta marca de zapatos o a aquella blusa de flores. El no dar importancia a la estética se fue volviendo moda, y el vestir se convirtió en una forma muy importante de expresar lo que uno pensaba y, sobre todo, lo que uno rechazaba. La máxima expresión de tal fenómeno la darían los hippies del final de la década.

DIAS DE UNIVERSIDAD, DIAS DE CULTURA AUTODIDACTA

Ser progre era, fundamentalmente, estar preocupado y ser consciente del «problema social». Para cultivarse un aire comprometido y trascendente era muy importante

el ser una persona leída, «formada». Y para serlo era necesario estar matriculado en la universidad. Tal vez ustedes se pregunten por qué digo «estar matriculado» en vez de «asistir a», que sería más lógico. Pues bien, lo digo porque es más exacto. En aquella época uno se matriculaba en la universidad, pero rara vez asistía a clase como no fuera para tomar parte en una manifestación, algún acto semiclandestino o examinarse a final de curso tras cuatro o cinco noches de estudio y centramina. Es lógico. Para aprender cosas que valieran la pena no había ninguna necesidad de ir a clase, es más, era contraproducente, puesto que lo que podía aprenderse en la facultad de Filosofía o en la de Políticas, no era más que el bla, bla oficial, que nada tenía que ver con una educación seria y progresista. Para ser culto y estar en la pomada, lo preceptivo era leer libros prohibidos que pasaban de mano en mano como la falsa «monea» (perdón, no va con segundas). Así, el ilustrarse tenía la emoción de lo secreto, el encanto de lo prohibido, el romanticismo de lo transgresor. Además, toda la actitud hacia la cultura progresista gozaba de ese ambiente de secreto ritual que hace que las cosas tengan un valor especialísimo: comprar un libro prohibido, por ejemplo —y de hecho se compraban bajo cuerda en muchas librerías—, era una aventura. Leer a Marx a escondidas de papá resultaba emocionante aunque no se entendiera ni jota de lo que decía, y recitar a Machado o a Lorca a la más mínima provocación era muy, muy decorativo. En aquel entonces lo elegante era ser autodidacta en ciertas disciplinas, puesto que no se podían aprender más que en los cerrados círculos iniciáticos de los intelectualmente inquietos. He aquí, como recuerdo, una lista de algunos libros obligados y también otra de aquellos volúmenes que de ser descubiertos en la biblioteca de un amante de la progresía hubieran sido motivo de excomunión.

Una biblioteca bien surtida* debía tener, por lo menos...	Antes muerto que ser sorprendido hojeando...
* Varios libros de Ruedo Ibérico.	* *La imitación de Cristo*, de Tomás Kempis.
* Obras completas de Sartre, Beauvoir, Camus y todos los autores franceses malditos.	* Novelas de El Coyote, Corín Tellado y similares que hoy arrebatan a los amantes del *Kitsch*.
* *Sociología de la literatura*, de Lukácks.	* *Mein Kampf*. (¡Pero a quién se le ocurre leer las memorias de Hitler!)
* Algún libro de psicología (Freud, Jung o Reich).	* Todos los autores protegidos del Régimen, incluido Unamuno que no quedó claro dónde se situaba.
* *Teología ideológica*, de Antonio Gramsci.	* Cualquier novela a menos que tuviera algún mensaje social como la llamada «literatura de la berza», tan apreciada entonces a pesar del tufo a ídem que desprendía.
* La nueva narrativa latinoamericana (García Márquez, Vargas Llosa, Cabrera Infante).	

* Era muy conveniente que todos estos libros estuvieran algo desvencijados, llenos de anotaciones al margen y subrayados con un lápiz de esos gruesos que escribían en rojo por un extremo y azul por el otro. Así se podía ver con cuánto interés y aprovechamiento habían sido leídos. En cambio, no era nada recomendable el poner en ellos el nombre ni *ex libris* alguno, por si las moscas.

Una biblioteca bien surtida* debía tener, por lo menos...	Antes muerto que ser sorprendido hojeando...
* Los libros premiados de la Biblioteca Breve.	* Los comics, incluido *Tintín* porque era un facha, un imperialista y un misógino para más inri.
* *El libro rojo* de Mao.	
* *El capital*, de Marx.	
* *Lire «Le capital»* o *Pour Marx*, de L. Althusser.	
* *Eros y civilización*, de Marcuse.	
* Algo de teatro como Brecht, Albee, Peter Weiss y también Buero Vallejo.	

EL TEATRO COMO PROVOCACION

Las prohibiciones agudizan el ingenio, ya se sabe, y de pronto en un país donde cualquier actividad política era perseguida, la inventiva popular buscó una y mil formas de manifestarse. Todas las artes se pusieron al servicio de tan noble causa, y el teatro no podía ser menos.

Paralelamente al teatro oficial con sus Alfonso Paso, Calvo Sotelo, Luca de Tena y otros autores permitidos, en los sesenta comenzó a surgir otro teatro. Un teatro comprometido, inconformista y provocativo que hubo de refugiarse en colegios mayores, puesto que nunca hubiera pasado la censura existente. Gracias a grupos como *Tábano, Els Joglars* o *Bululu*, la progresía pudo deleitarse con obras de Sartre, Beckett o Brecht y también de otros autores menos talentosos pero igualmente comprometidos con alguna causa. Era preceptivo que todo lo que se representara tuviera «mensaje» y, a ser posible, incluyera además algo muy irreverente o escandalizador para *épater les bourgeois* lo más posible. Si cumplían estos requisitos no importaba nada el que las obras representadas fueran un pestiño infumable o que no se entendiera qué era aquello tan importante que el autor pretendía denunciar. Lo único realmente «fundamental» era que dichas obras tuvieran su mensaje y, sobre todo, sobre todo que molestaran muchísimo a los responsables del Régimen.

COMO HACER POLITICA CON MOLIERE

Existía otro método aún más efectivo para fastidiar al Régimen, y era el de burlar la censura representando en un teatro comercial una obra aparentemente inocua, en la que se conseguía colar de rondón alguna frase malévola con segundas o terceras intenciones. Todo tenía que ser muy sutil, muy *flue*, como se dice ahora, porque los censores tampoco eran tontos de baba. Un ejemplo de cómo se burlaba la censura es la famosa versión que del *Tartufo* de Molière hizo Marsillach a finales de los sesenta.

El gobierno en aquel entonces estaba formado por varios miembros del Opus Dei, y los dimes y diretes sobre tal circunstancia eran muy numerosos. En un momento de la representación, Tartufo (Adolfo Marsillach) aparecía en escena con un aire de conspirador. Miraba al público, se sentaba y anunciaba que se disponía a interpretar para ellos una composición al violoncello «opus 32», poniendo mucho énfasis en lo de OPUS. Entonces el público se removía en su asiento y reía con complicidad: «Ha dicho opus, je, je.»

Hay quien opina que la censura fue tan férrea que impidió que se desarrollaran grandes talentos que sin duda invernaban bajo tan pesada losa. El tiempo, sin embargo, parece haber demostrado que el que poseía talento lo tenía incluso para burlar la censura y el que no... bueno, el que no, aún continúa buscando excusas.

COMO LA CENSURA LLEVO LA IMAGINACION AL PODER

Es curioso ver cómo frecuentemente en la vida las actitudes cerriles de algunos dan como resultado exactamente lo contrario de lo que ellos pretendían con obstinado celo. La tutela que la Iglesia y el Régimen ejercían sobre los ciudadanos tenía su expresión en el fenómeno de la censura. Y ésta solía ser de dos tipos. Una política

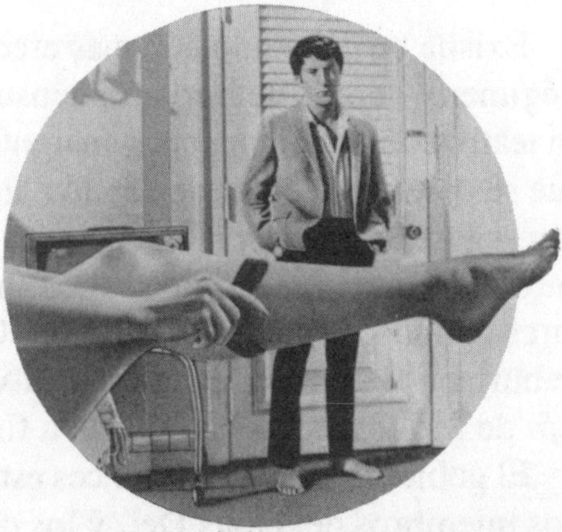

Dustin Hoffman en El graduado. *La imaginación popular se encargó de hacer la película mucho más erótica de lo que realmente era.*

que pasaba por un fino filtro toda información que se publicara o transmitiera a través de medios audiovisuales, y otra de tipo cultural y moral. Había una serie de libros y autores considerados «peligrosos» que nunca llegaron a pasar la censura, y, en cuanto al cine, las películas extranjeras venían convenientemente recortadas para que nada pudiera dañar la delicada sensibilidad del espectador. Sin embargo, ya hacia mediados de la década de los sesenta, a medida que la sociedad se fue cansando de tanto paternalismo, comenzó a producirse un fenómeno digno de anotar. Los probos funcionarios, que se ocupaban de mutilar películas de cine para evitarnos escenas tan escabrosas como una pareja retozando en un pajar o una jovencita tomando su ducha matutina, no calcularon que con su actitud estaban poniendo en funcionamiento un arma mucho más mortífera para

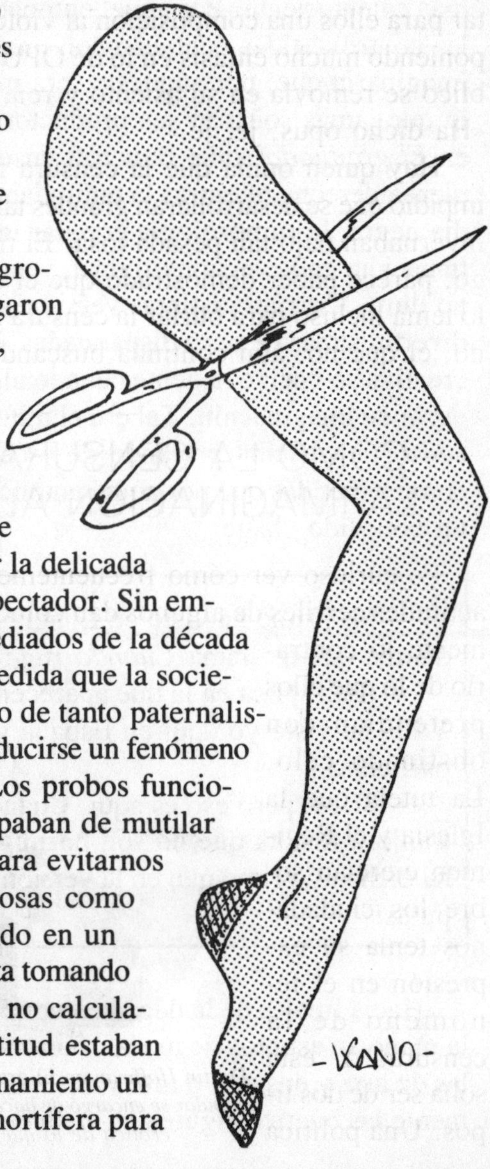

la moral que la ficción de una película: estaban propiciando la puesta en marcha de la imaginación personal más calenturienta. Por aquel entonces, todas las películas controvertidas contaban con una versión real y otra imaginaria que, por supuesto, era mucho más verde de lo que jamás soñaron sus productores. Por ejemplo, si en *El graduado* Anne Bancroft enseñaba un instante la pierna derecha mientras la enfundaba en una tupida media negra, la rumorología popular inventaba que a continuación, en la versión original, venía una sesión de porno duro. Corrían distintas versiones apócrifas, algunas divertidísimas de puro disparatadas, que descubren cuán creativa se vuelve la gente cuando alguien intenta amordazar su imaginación. Tal era el mito de que la tijera del censor nos estaba privando de escenas escandalosas o comprometidas que por aquel entonces circulaba mucho un conocido chiste:

—Mi primo ha visto en Londres una película verdísima que se llama *Cuando ruge la marabunta*.

—¡Bah! ¿Esa en la que aparecen tantas hormigas? Ya la he visto yo aquí en España y no tiene nada de particular.

—Sí, sí, pero eso es aquí. Cuando la ves en el extranjero resulta que no son hormigas. ¡Qué va! ¡Me ha dicho mi primo que en la versión original son todas putas!

Hacia finales de la década, cuando se empezó a abrir la mano en asuntos de moral, fueron apareciendo las salas de arte y ensayo, o arte y desmayo, como ingeniosamente las bautizó alguien en vista del tipo de filmes que en ellas se exhibían. En tales salas se podían ver películas francesas y en especial checas o polacas en versión íntegra. Entonces se produjo otro fenómeno curioso, fruto indirecto de la imaginación popular: era tal el ansia de ver películas sin cortar que un cierto público ayudó a mitificar horribles bodrios seudo-intelectuales que nunca hubieran despertado el menor interés en circunstancias menos represivas.

MUSICA, MUSICA, MUSICA

Pero la forma más efectiva de hacer llegar los mensajes —el inconformismo, el romanticismo erótico o idealista, el pacifismo y demás— era a través de la música. Resulta interesante hacer un rápido repaso musical de la década, pues permite ver, año a año, la evolución de la sociedad y el despertar de nuevos deseos e inquietudes. La cosa empieza en 1960 con las emisoras de radio emitiendo boleros de Lucho Gatica o las canciones románticas de Los Cinco Latinos, y acaba en 1970 con la canción protesta o el *Himno a la alegría* de Miguel Ríos.

Y entre una cosa y otra, esto fue lo que ocurrió.

DEL BOLERO A LA CANCION PROTESTA

Allá por 1960 o 1961 las emisoras de radio empiezan a interesarse por un nuevo tipo de música. Aún no se llama pop, apenas se habla de rock, pero ya va tomando forma en España un nuevo modo de «hacer ruido» muy molesto para ciertos oídos. Los pioneros de aquel sonido se llamaban Los Pekenikes, Los Sirex, Los Mustang y, sobre todo, el Dúo Dinámico. En un principio estos artistas se dedicaban principalmente a hacer versiones de los grandes éxitos extranjeros, como el *Oh, Carol* o *La bamba*. Ellos no habían logrado aún interesar a las casas de discos, por lo que sus actuaciones solían ser en directo como los legendarios festivales del Circo Price de Madrid. En 1962, cuando la música joven era aún muy minoritaria, irrumpe el twist, que llega a causar verdadero furor, tanto que alguno se empieza a alarmar. La revista *Triunfo*, la misma que más adelante se convertiría en la vanguardia de la causa antifranquista, comentaba en diciembre del 62:

> «¿Dónde vamos a parar? Los chicos se suben por las paredes mientras les dejen, claro. Lo único que quieren es ir al guateque o al bar. Por hoy ya está bien, ya has tenido tu ración de twist, chico.

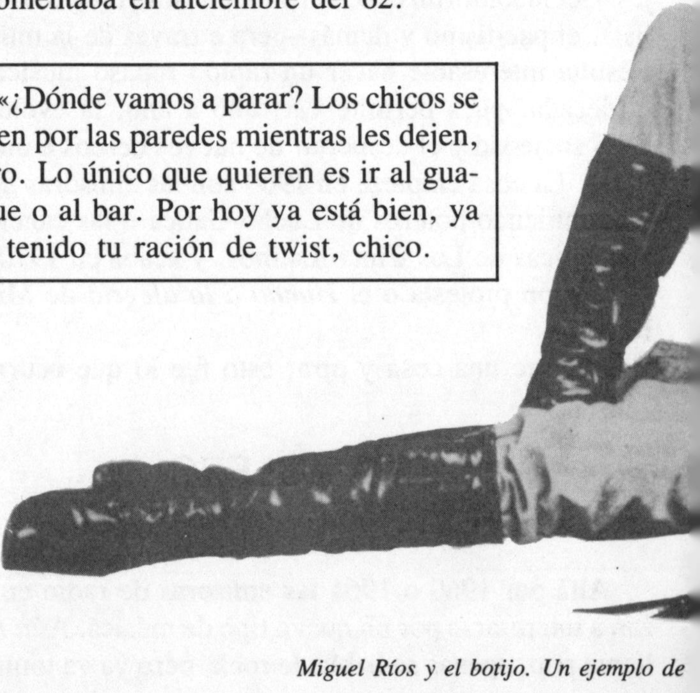

Miguel Ríos y el botijo. Un ejemplo de

Mientras todos se retorcían al ritmo del twist, en Barcelona hace su aparición un fenómeno que habría de crecer hasta hacerse muy importante. Se trata de La Nova Cançó catalana. Y en el mundo, este curso de 1962-63 significaría además el inicio de cuatro fenómenos que llegarán a ser fundamentales para la década:

- Los Beatles consiguen su primer gran éxito con *Love me do*.

en música rock, Spain in different.

- Comienza a imponerse la canción folk de la mano de Peter, Paul and Mary.
- Nace la música surf en Estados Unidos con los Beach Boys.
- Por si fuera poco, ese mismo año ve el comienzo del sonido negro de Detroit con voces como la de Stevie Wonder, las Supremes o Martha and the Vandellas.

1964, por su parte, trajo la formación de Los Brincos y el éxito de todos aquellos grupos —Los Pekenikes, Los Estudiantes, Los Tony's, etc.— formados por lo que entonces llamaban «chicos mal de familia bien».

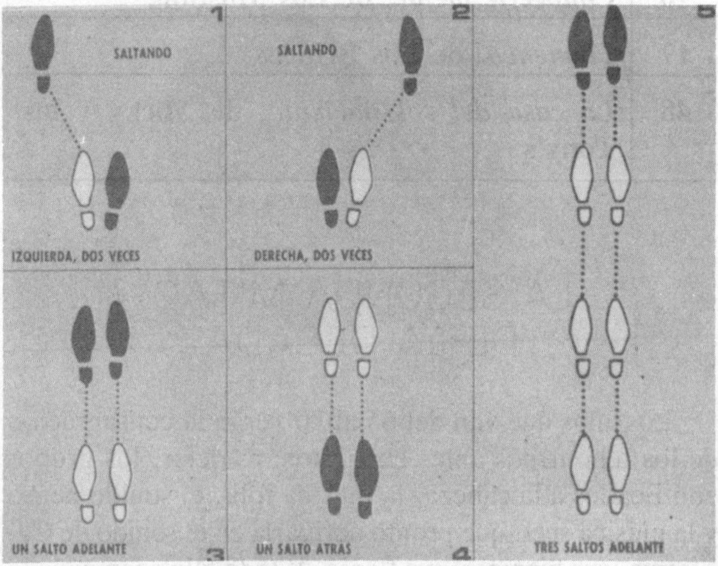

Así se baila la yenca: izquierda, izquierda, derecha, derecha. Delante, detrás. Un, dos, tres...

En 1965 aparece Serrat, aunque su éxito se circunscribe todavía a la región de Cataluña. Lo que triunfaba a nivel nacional era algo mucho más *light*, que decimos ahora, se llamaba *La yenka*. (¿Se acuerda? Derecha, derecha, izquierda, izquierda...) También aquel año comienzan a confeccionarse las primeras listas de éxitos que tan populares llegarían a ser poco después. He aquí una de las primeras.

Entreverados con muchos nombres extranjeros, los temas españoles más oídos fueron éstos:

1	***La yenka***
8	***Vamos a la cama*, de Los Chavalitos de la tele**
16	***Conocerte mejor*, de Los Mustang**
17	***Flamenco*, de Los Brincos**
48	***La casa del sol naciente*, de Micky y los Tony's**

LA SEGUNDA MITAD DE LA DECADA

Los años que van del 65 al 70 verán la consagración de los fenómenos antes expuestos, es decir, los grupos con Beatles a la cabeza, la música folk, el sonido negro y la música surf, que pronto derivaría en el sonido de California, sus hippies y sus flores. Y todo ello acompañado de un complemento típicamente años sesenta: los fans. Ellos llevan el frenesí por la música a su máxima expresión: se desmayan en los conciertos, sufren ataques de histeria colectiva y se afanan en desnudar a sus ídolos con la esperanza de conservar como reliquia el jirón de su camisa o el botón de la americana. España también llega a confeccionar un grupo exportable y rodeado de fans. Se trata de Los Bravos, que pronto logran colocar su *Black is black* en las listas inglesas.

1967 marca el comienzo de un nuevo sonido que va unido al mundo de las drogas y la filosofía hindú. Los Beatles lanzan su *Sargent peppers*, y nace así la música psicodélica, aquella que, según dicen, sonaba mejor acompañada de un buen canuto o una dosis de LSD. En la Costa Oeste empieza a triunfar la mentalidad hippy y pacifista. «Si vienes a San Francisco no olvides llevar flores en el pelo», cantaba Scott Mc Kenzie en una famosa canción y, mientras tanto, Nueva York se escandaliza con la representación de la ópera rock *Hair*. En España, en cambio, lo que se impone es la canción de cantautor. En Castilla empiezan a surgir jóvenes que, un poco por imitación de La Nova Cançó, crean «la canción del pueblo». Ellos son: Hilario Camacho, Paco Ibáñez y Elisa Serna, y sus filas se verán pronto reforzadas con voces venidas de distintos rincones de la geografía nacional —María Ostiz, Patxi Andión y, finalmente, Víctor Manuel.

Y llega 1968, el año del *La, la, la*. La canción tenía que haberla cantado Serrat, pero él exige hacerlo en catalán, razón por la que es sustituido a última hora por Massiel, quien gana en reñida lucha con el famoso Cliff Richard. ¡*Congratulations* a la música española!

Pero 1968 es, sobre todo, el año del Mayo francés y es lógico que este espíritu rebelde acabara notándose también en la música. Así, meses después, Paco Ibáñez, que prácticamente vive en París, logra sacar en España, a pesar de la censura, un disco dedicado a poetas combativos, algunos de ellos muy mal vistos por el Régimen. De este modo, llegarían al gran público las voces de Alberti, Blas de Otero, León Felipe o Miguel Hernández. Y no sólo eso, por una feliz —y cómica— carambola, resulta que Paco Ibáñez es invitado a televisión española por un directivo despistado que pretende apuntarse el tanto de traer a la pantalla a un español que está triunfando en París. Habría que haber visto la cara de desolación del directivo cuando Ibáñez comenzó a recitar, ¡en directo!, aquello de: *Andaluces de Jaén, aceituneros altivos...*

Finalmente, 1968 vería el primer triunfo de un futuro ídolo. Con los bolsillos de la chaqueta cosidos para evitar que introdujera en ellos sus manos, un jovencito sonriente y timidísimo gana el festival de Benidorm. Se trata de Julio Iglesias. Su canción: *La vida sigue igual.*

1969 es el año de los festivales multitudinarios, Woodstock, Wight... También es el año del escándalo *Je t'aime, moi non plus,* con una jadeante y sexy Jane Birkin. En España supondrá además la consolidación del estilo regionalista. Ahora, no son sólo los catalanes los que cantan en su lengua, han aparecido las canciones gallegas de Andrés do Barro, las asturianas de Víctor Manuel y las voces de Ez dok Aimaru en el País Vasco. La música sirve ya claramente como vehículo de protesta, mientras Serrat le canta a Machado, Víctor Manuel graba *El cobarde*, que habla de un desertor. Cantar a los poetas es más que una moda una verdadera fiebre y a ella se apuntan Mari Trini, Ricardo Cantalapiedra o el grupo Aguaviva que con su *Poetas andaluces* tiene una gran acogida en el festival de San Remo.

Se acaba la década. Miguel Ríos logra un éxito internacional con su *Himno a la Alegría*, y, como cerrando una época extraordinaria que nunca ha de volver,

MJ estuvo con él
minutos antes de
la ceremonia.
ULTIMA FRASE
DE SOLTERO:
¡QUE DIOS
REPARTA
SUERTE!
Visones, brillantes
y chaqués.
Ni un cantante en la boda
del cantante. Rigurosa
sorpresa: la novia.

los Beatles, alma misma de los sesenta, deciden separarse. Sin embargo, los signos que indican que hay algo importante que se acaba no terminan ahí. El mismo año, Simon y Garfunkel, otros de los representantes de la década, deciden divorciarse; y además, como presagio de muchos sucesos futuros, dos muertes trágicas anuncian lo que pronto ha de traer la droga y los paraísos artificiales. Sus víctimas son dos de las más significativas personalidades de entonces: Jimi Hendrix y Janis Joplin.

PARA OIDOS SELECTOS

Existía otro tipo de música que no subía a los *hit parades* ni enardecía a las masas de fans. Era la preferida de intelectuales, artistas y también de todos aquellos que tenían una inquietud social o política. Hablamos ahora del final de la década, cuando habían cuajado las ideas críticas contra el franquismo, contra el imperialismo, el aburguesamiento y otros males de la época. Oír cierto tipo de música era una forma más de demostrar una postura muy determinada. No me refiero a la costumbre, entonces muy extendida, de asistir a recitales prohibidos como acto de reafirmación, sino que hablo de una práctica más privada que consistía en poseer ciertos discos muy concretos. Lo elegante en aquel momento era oír a Jacques Brel, Juliette Grecó o extasiarse con las picantes letras de Georges Brassens. El plan consistía en reunirse con los amigos, tomar coñac o infinitos cafés mientras se hablaba de la inminente huelga general y de la caída del Régimen. Como música de fondo sonaban los prohibidos compases de *La mauvaise réputation*, que entonaba muy bien con todo aquello. Naturalmente, hacerse con este tipo de discos no era fácil. Por ello, cualquiera que viajara a Francia rápidamente recibía el encargo de comprar las últimas canciones de los franceses de la *gauche divine* para una docena de amigos. Si a esto unimos el hecho de que otra decena de amigos le habría encargado al viajero algún que otro libro de Ruedo Ibérico, vale la pena dedicar un recuerdo admirativo a estos esforzados contrabandistas de cultura que aún hoy padecen escoliosis por haber tenido que cargar con bagaje tan lurdo.

Además de la música gala, tenía mucha aceptación en ciertos círculos selectos la canción iberoamericana o latinoamericana, que es lo mismo pero suena afrancesado y, por lo visto, más culto. Lo que privaba no era ni el cha-cha-cha ni los merengues ni ninguno de esos engendros frivolones, sino el desgarrado grito de aquellos que cantaban a la tierra y al sufrir de los pueblos oprimidos. Los favoritos se llamaban Violeta Parra, Víctor Jara, Kilapayun y tantos otros. Todos aquellos, en fin, que cultivaran el triste canto de las clases desfavorecidas. Al son de tales acordes se charlaba con los amigos y se arrullaban los romances que, al abrigo de una nueva libertad sexual, comenzaban a adquirir una dimensión distinta.

SEXO, ¡OH, EL SEXO!

Tal vez la revolución más importante que tuvo lugar en los sesenta, la más tenaz y la que ha perdurado, es la de las costumbres sexuales. Todo el resto de los «descubrimientos» de la época —el pacifismo, el inconformismo y otros ismos igualmente loables han quedado olvidados de momento, o dormitan a la espera de tiempos más propicios. Lo único, o casi lo único, que ha continuado su marcha es la revolución sexual y todas sus consecuencias, como la incorporación de la mujer al mundo laboral o el feminismo. Gracias a tal revolución, y si el Sida no lo impide, las generaciones presentes y futuras tendrán hacia el sexo una actitud más normal, más natural, que resulta nueva en esta plaza.

En los sesenta, en cambio, las cosas eran bien distintas. El sexo era un tema tabú, por eso, cuando los jóvenes más progresistas decidieron sacudirse de encima tanto puritanismo ancestral, sufrieron no pocos tropiezos, algunos imprevistos.

¡¿FRIGIDA, YO?!

Hacia el final de los sesenta lo moderno era estar liberado sexualmente. El cuerpo estaba para disfrutar de él con todos los sentidos, y en ese afán tan de entonces de amar a la humanidad, unirse con nuestros congéneres y todo eso, acababa uno teniéndose que abrazar indiscriminadamente con éste, aquélla o el de más allá en el nombre de una libertad recién adquirida. Las chicas eran las que llevaban la peor parte en el asunto del sexo libre. Los hombres podían permitirse el lujo de elegir, y, naturalmente, la necesidad irresistible de fundirse con alguien en un apasionado encuentro no la sentían con las que no les gustaban. A las mujeres, en cambio, el ser modernas y liberadas les suponía un montón de problemas, por ejemplo, cuando una chica se negaba a irse a la cama con uno, enseguida era obsequiada con alguna de estas famosas letanías.

- —¡Anda, guapa, tú lo que eres es una reprimida!
- —Vaya, vaya, mucho ir a las manifestaciones y hacerte la progre, pero a la hora de la verdad ¡una antigua!
- Y aquí viene la peor de todas (ésta debía recitarse con un tonito misterioso):

—Claro, ya me habían comentado por ahí que…
Ella entonces preguntaba:
—Qué, qué te han comentado.
—No, nada, nada.
—Qué, qué, dilo.

Así continuaba un rato el tira y afloja hasta que él soltaba la palabra mágica:

—Bueno, pues, se comenta por ahí que tú eres una frígida.

Frígida… He aquí una palabra aterradora. Serlo implicaba muchas cosas y ninguna buena, de ahí que los que conocían este talón de Aquiles sabían cómo, cuándo y dónde pronunciar con éxito tan necio, pero a veces eficaz, «ábrete, sésamo».

DESCUBRIR IBIZA

A finales de los sesenta la gente más progresista sexualmente, aquella que se interesaba más por los problemas del cuerpo y alma que de arreglar el mundo o de conspirar contra la dictadura, encontró su paraíso en la isla de Ibiza. Ellos tenían una concepción bastante hippy de la vida para lo bueno y también para lo malo. Para lo bueno, porque eran pacíficos espirituales (mucha filosofía oriental, mucho yoga). Practicaban el vive y deja vivir, y parecían haber encontrado la serenidad en un mundo que ya empezaba a ser bastante frenético. Y para lo malo, porque se dedicaban intensamente a ese deporte

tan gratificante que es mirarse el ombligo. Porque desdibujaban la realidad escondiéndola tras una cortina de humo de hachís, marihuana u otras malas hierbas. Y porque, cuando quisieron darse cuenta, se les había pasado la juventud filosofando sobre lo divino, lo humano y lo metafísico, mientras que el resto del mundo estaba ya en otro rollo.

EVOLUCION DE LA SEGUNDA ESPECIE ...Y QUIEN TE VE

Aquí estamos de vuelta en los noventa para reencontrar al hippy y al progre de aquel entonces, lo malo es que no queda casi ninguno. Los hippies, después de peregrinar por Ibiza, Katmandu y una o dos cárceles tailandesas en busca de La Verdad, han acabado por desistir.

Aun así, alguno ha conseguido sobrevivir a tanto viaje, geográfico y de otra índole, y puede vérsele por ahí en estado puro. A sus años aún viste vaqueros deshilachados y lleva como amuleto un signo esotérico colgando del desplumado pescuezo. Como es un eterno adolescente, suele cultivar la amistad de personas mucho más jóvenes que él a las que divierte contando sus aventuras en una isla del Indico, o aquella vez que Bob Dylan le pasó la pipa turca una noche de drogas y rock and roll. A cambio de tal entretenimiento, sus jóvenes amigos le convidan a tabaco, e incluso le dejan mil duros para que vaya tirando.

DE «SOY REBELDE PORQUE EL MUNDO ME HIZO ASI» A SER «OTRO LADRILLO EN EL MURO»

En cuanto a los antiguos progres, los hay de dos tipos:

- El que ha evolucionado
- Y el que ha preferido seguir fiel a sus orígenes.

El evolucionado. Es ése que uno puede encontrarse en un restaurante recomendado por la Guía Michelín, hablando de vinos con gran conocimiento, mientras rememora, nostálgico, los carajillos (veneno, veneno puro) que solía tomarse antes de asistir a una manifestación prohibida. Visto más de cerca, el progre de antaño aún conserva muchos indicadores de origen. A veces luce una bella barba perfumada, por ejemplo. También, cuando el frío arrecia, es posible que se enrosque en la garganta una bufanda de lana antes de salir para la ópera o el concierto, pero todos éstos son lugares comunes sobre los que no vale la pena detenerse. Es más interesante fijarse en detalles sutiles que dicen mucho, como su actitud actual con respecto a la lectura. Un ex progre continúa comprando muchos ensayos, biografías y también alguna novela de éxito, siempre que sea considerada buena literatura, pero no tiene tiempo para leer. A veces, al ver amontonados en su elegante biblioteca tanta cultura, tanto conocimiento, comenta cuánto le gustaría contraer una hepatitis que le permitiera tener tiempo para releer a Proust en vez de trabajar tanto y viajar como una maleta. La profesión del progre converso suele tener algo que ver con su pasado glorioso. Tal vez sea capitoste de una empresa discográfica o trabaje en prensa. No olvida sus tiempos de contestatario y siempre que sale con Marta, esa catalana jovencísima y forrada a la que piensa convertir en la tercera, y definitiva, mujer de su vida, le cuenta azañas de entonces. «¿Y ves Marta esta marquita que tengo junto a la sien? Me la hicieron en las barricadas de París en Mayo del 68.»

El fiel. Hay también un segundo tipo de progre que no ha cambiado tanto. Es ese que vemos vestido de un modo bohemio, aunque su edad y condición aconsejen lo contrario. Este prototipo continuó puño en alto mucho más tiempo que el anterior, casi hasta la caída del Muro de Berlín; sólo entonces se le arrugó un poco el gesto. Y es que con tanta *perestroika*, tanto fin de la historia y gaitas, este viejo pecero no sabe a qué ideal apuntarse. Por suerte, la ascensión de Sadam Husein vino a subsanar tan lamentable estado de cosas. La guerra del Golfo le dio la oportunidad de enrabiarse contra los americanos, que son, como siempre, unos cochinos imperialistas que quieren acabar con el Tercer Mundo. ¡Gracias a Dios!, diría si creyese, que por supuesto no cree. Gracias a Dios, a Alá o a quien sea, que por inescrutables caminos nos devuelve algo por lo que luchar. Y es que no hay nada peor para un hombre idealista, en busca siempre de una sociedad más justa, que vivir en una época como ésta. Una época tan disparatada en la que la igualdad social que se vislumbra es que pronto en Moscú, aquí o en Pekín todos comeremos el mismo Cheese Burger o calzaremos idénticas zapatillas Reebok. Terrible realmente. Si el pobre Marx levantara la cabeza…

4. La España cañí

La España de charanga y pandereta,
cerrado y sacristía,
devota de Frascuelo y de María,
de espíritu burlón y de alma quieta.

ANTONIO MACHADO

LAS DOS ESPAÑAS

El tercer capítulo está dedicado a la verdadera España de entonces. Y no es que los otros dos tercios del libro hablen de algo que no existió, sino que representan una parte muy pequeña de los españoles. Es cierto que en aquella época se hablaba mucho de hippies, progres, ye-yes y demás extravagancias sesentistas, pero la verdad es que aquella fauna no era más que unos bichos raros que la prensa retrataba con un interés entomológico propio del caso. La España real era otra cosa.

En aquella década, más que en ningún otro momento de nuestra historia reciente, convivían, en aparente armonía, dos Españas. Entonces se hablaba mucho de tal fenómeno, se hablaba de la diferencia que existía entre la España real, la de rosario y mantilla, boina y burro —que es la que vamos a recordar en este capítulo— y la otra España, que recibió el nombre de la España oficial. Esta última era moderna y pujante. Acababa de descubrir el seiscientos, gastaba jabón Lux y practicaba rumbosa «la elegancia social del regalo». Correspondía a la imagen virtual de un país próspero surgido del Plan de Estabilización de 1959 y, aunque sólo representaba

Dicen que Franco tenía un truco para que pareciera que quien le saludaba estaba inclinándose ante él. Consistía en tender la mano sin despegarla del cuerpo.

a un pequeño número de personas —sobre todo a aquellos que vivían en las grandes urbes—, empezaba a tener un cierto peso en la vida del país. Para entendernos mejor, la España oficial era la que con más frecuencia nos sonreía desde la prensa o los noticiarios cinematográficos. Y sonaba más o menos así. Escuchen, casi se puede oír como música de fondo las inconfundibles notas del Noticiario español NO-DO:

> «Esta semana Su Excelencia el Jefe del Estado ha inaugurado el primer tramo de la autopista Bilbao-Behobia. Esta ingente obra de la ingeniería moderna permitirá a nuestro país situarse en poco tiempo a la par de otros países de su entorno...»

Otras veces la España oficial se manifestaba en la prensa en forma de crónica humana para demostrar cuánto estábamos progresando:

> «En la mañana de ayer vino al mundo esta simpática niña, a quien sus padres bautizarán con el españolísimo nombre de María del Carmen. Mari Carmen es, ni más ni menos, que la madrileña tres millones. Es de reseñar que tanto su padre como su madre son nacidos en otros puntos de la geografía nacional.»

Así sonaba la España que tanto le gustaba subrayar al Régimen desde la prensa y que acabó atrayendo a muchos hacia las grandes ciudades en busca de fortuna. De hecho tal España existía, pero no representaba ni a una pequeña parte de la sociedad de entonces. La España real era algo muy distinto. Afortunadamente para aquellos a quienes les gusta reconstruir el pasado, también esta España quedó reflejada en la prensa de la época. No en lugar destacado, claro está, pues tales espacios se reservaban a las noticias internacionales, las confrontaciones futbolísticas y otros temas de interés similar, pero sí quedó retratada en las páginas de sucesos, en los consultorios sentimentales y en las crónicas de los programas de radio. En gran medida, el capítulo que ahora sigue ha sido confeccionado con datos de este tipo. He aquí la misma España de charanga y pandereta, devota de Frascuelo y de María, a la que años antes cantó Machado, sólo que en los sesenta se le agregó una dosis de progreso para convertirse en la España del seiscientos, el transistor, el Cola-Cao y muchas otras cosas que aquí se verán. Eche atrás el reloj para volver al pasado, que así también eran los españoles en los sesenta.

EL TRANSISTOR

Poco tiempo antes de que la televisión viniera a invadir el paisaje nacional decorándolo con un bosque de antenas que emergían desde azoteas, tejadillos y, por qué no, también desde el campanario de alguna iglesia románica en ruinas, España había sido colonizada ya por otro aparato, producto de la moderna tecnología, llamado entonces transistor o «arradio». (Por alguna razón dos inventos modernos han tenido el privilegio de revolucionar la ortografía castellana oral, si es que así puede llamarse. Me refiero a la «arradio» y la «amoto». Quede ahí el dato para los estudiantes de lo curioso.) La «arradio», en fin, tuvo la fortuna de penetrar en lo más profundo de la geografía española con tanto éxito que llegó casi, casi, a convertirse en un apéndice de la anatomía humana. Con el transistor bien pegado a la oreja circulaban aquellos que viajaban en autobús, se amenizaba el

ama de casa y canturreaba el barbero mientras pelaba cogotes. El mérito mayor de tal artilugio fue unir los hasta ayer dispersos puntos de la geografía nacional. Desde entonces, tanto en Baracaldo como en Santi Petri se podía vibrar al unísono con el famoso gol de Marcelino o tararear a coro *El porompompero* de Manolo Escobar.

No me gustaría recordarles aquello tan repetido de que «No hay parto sin dolor ni... etc., etc.», pero lo cierto es que en los años sesenta el transistor se convirtió en un fenómeno nacional destinado a preparar los caminos de la Señora Televisión. Un fenómeno notable que llegó a tener efectos tan curiosos en las gentes que bien vale la pena detenerse un momento para recordar algunos programas famosos y las anécdotas a las que dieron lugar.

LA RADIO Y SUS ANECDOTAS

Muchos son los programas que marcaron de algún modo la vida de los españoles en aquella década. Abundan, por ejemplo, los programas musicales o de amenidades desde los que el aspirante a artista podía realizar el ansiado salto a la fama. Espacios como *Gran Vía*, en el que se dio a conocer Pilarín Cuesta (Ana Belén para sus admiradores actuales), o el *Gran Musical*, que fue padrino de Los Bravos y Mari Trini. Luego, tenían gran audiencia ciertos programas de solidaridad nacional como *Ustedes son formidables*, en el que Alberto Oliveras, auténtico mago de la comunicación, conseguía

conmover a todo el país para que brindara su ayuda a alguna causa humanitaria. Así, en el año 1962 este espacio logró recaudar en el transcurso de una sola emisión tres millones de pesetas, de las de entonces, claro, para ayudar a los damnificados de las inundaciones de Sevilla.

Otro caso singular lo constituyó un programa que se emitía desde Barcelona, *El consultorio de la señora Francis*, que brindaba consejos sentimentales, de belleza, y hasta daba ideas para bautizar al neófito o radiaba una milagrera e infalible novena de Santa Gemma Galgani. (Para más datos sobre este punto véase «El amor en tiempos de Franco».)

LOS SERIALES

Pero, sin duda, el fenómeno más notable lo constituyeron los seriales radiofónicos, hecho que, a juzgar por el éxito que hoy tienen sus hermanastros los culebrones televisivos, supongo que no sorprenderá a nadie. En los sesenta había diferentes tipos de seriales. De aventuras, por ejemplo *El coyote*, o más intelectuales como el *Teatro del aire*, donde se adaptaban obras como *Los episodios nacionales*. Otros de humor, del estilo de *Matilde*,

Perico y Periquín. Pero los reyes de las ondas, los que lograban tener pendientes de un hilo a media población, eran los seriales de tono sentimental.

Guillermo Sautier Casaseca, que en vida contó con un verdadero ejército de incondicionales, fue autor de casi todos los grandes éxitos radiofónicos de la época. El había aprendido el oficio de los guionistas americanos, sabía las reglas de oro que hay que guardar para que un serial funcione, y también —dato entonces muy importante— los trucos para pasar la censura sin tener problemas. La receta infalible era ésta:

I) En una radionovela «los buenos» tenían que ser buenísimos y «los malos» malísimos.

II) Para demostrar que alguien era malísimo, además de hacerle cometer varias tropelías: seducir incautas, abandonar a sus ancianos padres, etc... era muy conveniente —de cara a la censura— demostrar que el muy malvado/a era también un ser alejado de la religión. Un agnóstico, o mejor aún, un ateo rabioso.

III) Las novelas de más éxito eran las que contenían el eterno triángulo amoroso. Claro que uno de los vértices del triángulo solía ser el malísimo/a del que hablábamos en el punto número II), con lo cual no importaba nada que se fastidiara y rechinchara al final de la historia.

IV) Si el malísimo/a del triángulo amoroso estaba ya casado con otro de los dos vértices del triángulo al comenzar la radionovela, hacia el final del serial solía sufrir un lamentable accidente por culpa de su propia maldad y moría, lo cual resultaba un gran alivio para todos.

V) Otro ingrediente interesante era el descubrimiento imprevisto de algún hijo natural o desconocido. De hecho, es curioso observar cómo la censura, que era muy mirada para estas cosas de la moral, permitía el que una modistilla o una criada tuviera un hijo del pecado, pero, en cambio, sistemáticamente vetó el que una señorita bien tuviera un desliz. ¡Hasta ahí podíamos llegar!

LA ESPAÑA DEL SERIAL

Con los ingredientes arriba mencionados, y teniendo buen cuidado de acabar cada episodio en un momento cumbre, España vivió pendiente de *Tres hombres buenos, Lo que nunca muere* o *La intrusa*. Tanto es así que los dueños de ciertos comercios sabían que a la hora en que se estaba emitiendo un serial de gran audiencia podían entregarse sin remordimiento a dormir la siesta porque la afluencia de clientes iba a ser escasa.

Tal era el impacto de las radionovelas y tan considerable el grado de veracidad que lograban transmitir a los oyentes, que Juana Ginzo, una de las voces más populares del cuadro de actores de Radio Madrid, recuerda cómo, entre los cientos de cartas con peticiones de matrimonio, amores eternos, etc., que solía recibir, había también muchas en las que los oyentes, compenetrados con la triste historia de la que era protagonista, le brindaban su ayuda. «Estás sola, todos te han abandonado y no tienes dinero», rezaba una. «Es terrible todo lo que te han hecho sufrir. Yo no tengo medios para ayudarte, pero te voy a mandar una cabra, no es mucho pero por lo menos así no te morirás de hambre...»

Y he aquí otro ejemplo curioso del realismo creado por las radionovelas, que aparece publicado en el semanario *El Caso* en julio de 1965 bajo el título «Milagro»:

UNA PARALITICA SE CURA AL ESCUCHAR UN SERIAL RADIOFONICO

Pilar Novo, que llevaba ocho años inválida, relata: «Estaba oyendo *La intrusa* en la radio para entretener mi soledad. Uno de los personajes, Josechu, que había quedado paralítico en un accidente, se puso en manos de una enfermera y comenzó a curar. Yo entonces pensé que si él podía curarse yo también, y me puse de pie.»

El semanario *El Caso* concluye el reportaje comentando sabiamente:

«Como ven nuestros lectores, doña Pilar, con su admirable sencillez, creyó a pies juntillas las parrafadas del serial y así se curó.»

EL EMIGRANTE

Otro aspecto importante de la realidad española de los sesenta lo constituye la emigración. A lo largo de la década el número de personas que se fueron de España en busca de un porvenir mejor se estima en casi un millón y medio.

Así como en épocas anteriores el español eligió mayoritariamente el continente americano para hacer fortuna, en los sesenta, Europa fue el punto de mira de aquellos que querían una vida desahogada. Quizá la cercanía geográfica alentó al marido recién casado y al novio formal a abandonar esposa o novia por una temporada con la promesa de volver pronto y con dinero. Las temporadas no siempre fueron cortas ni los amores duraban tanto como unos y otros hubieran deseado: algunos emigrantes acabaron buscando compañero/a en otras tierras y se afincaron definitivamente allí. Cuando regresaban, al cabo de los años, para visitar a sus parientes o a veces incluso con la intención de quedarse, lo hacían en compañía de cónyuges que no hablaban ni media palabra de castellano y también de criaturas que junto a los hispánicos apellidos de Suárez o López lucían nombres extranjeros dificilísimos de pronunciar. Es de suponer que así fue como empezaron a figurar en los registros civiles de toda España nombres tan bárbaros como Gwendoline o Wolfgang. Más tarde, bajo la influencia de la televisión, el turismo y de quién sabe qué vientos foráneos se harían habituales en España los Jonathanes, las Vanessas o las Tamaras. Y si es cierto eso de que los nombres propios que una sociedad elige en un momento determinado dicen mucho de la misma, ahí queda el dato para quien quiera interpretarlo.

SAUDADE

La vida resultó difícil para aquellos que eligieron irse, y el trato que recibieron en otros países no fue siempre ejemplar. Así como los emigrantes que años antes habían elegido irse a Suramérica se integraron mucho más fácilmente en sus países de adopción, puesto que existía un idioma común y una mentalidad parecida, aquellos que en los sesenta decidieron irse a vivir a Bélgica, Suiza o Alemania tuvieron muchas dificultades en su adaptación. Con España siempre en el recuerdo y la esperanza de volver a ella millonario o al menos bien situado, el emigrante hubo de trabajar muy duro. De la soledad y falta de comunicación que tuvieron que sufrir hablan las cartas que casi a diario se publicaban en la prensa española y de las que he elegido un ejemplo. Esta apareció en *Cuente usted su caso* (octubre de 1968) y por sus características bien merecía haber llegado a manos de Luis Buñuel. Vean si no:

Bajo el título de «Yo podría adoptarla como hija», «Un solitario» escribe:

> Soy un hombre de 64 años, vivo en Alemania y tengo excelente salud y elevada situación económica, pues poseo un negocio propio. Desearía encontrar a una señorita o viuda de 30 a 40 años, buena presencia, culta y sin hijos ni familia. Yo podría adoptarla como hija siempre que, claro está, ella se comprometa *bajo documento* a cuidar de mí hasta mi muerte, ya que en recompensa ella quedaría luego situada como una gran señora.

LOS DESAPARECIDOS

Ya que estamos hablando de anuncios por palabras y de todo lo que ellos revelan en pocas líneas sobre una sociedad, me gustaría detenerme en otro punto sorprendente de la realidad española de entonces. Quien más y quien menos recordará algún caso —ya sea lejano o próximo, adornado por la fantasía popular o real como la vida misma— de «uno que dijo que iba por tabaco y no volvió nunca más». Bien, pues por diversas causas y a juzgar por las muchas cartas que se recibían en los periódicos y revistas, en los años sesenta, aún era muy frecuente el caso de personas que buscaban a amigos y familiares desaparecidos de modo imprevisto. Existían familias que habían quedado separadas después de la guerra, especialmente las pertenecientes al bando republicano. Era frecuente también el caso de jóvenes que un buen día partían de casa de sus padres para ir en busca de un futuro más próspero, y aún más el caso de personas que, empujadas por hechos entonces considerados «vergonzosos», se veían obligadas a desaparecer. Cada situación es distinta e ilustrativa de ciertos tabúes y carencias sociales, por eso tal vez sea más fácil describirlas con un ejemplo.

EL QUE FUE POR TABACO

Este es el tema más recurrente en los anuncios de la época y habla de un marido que un buen día desapareció sin dejar rastro. ¿Serían sus motivos de tipo amoroso o sentimental? Quién sabe. Lo único que se puede afirmar con seguridad es que desde que existe el divorcio en España, ha disminuido notablemente el número de tabaquistas impulsivos. De los muchos ejemplos que ofrece la prensa elijo éste publicado en *Cuente usted su caso* (junio 1963).

Busco a mi marido que desapareció hace cinco años sin dejar rastro. No me interesa que vuelva, ni yo ni mis hijos deseamos verle nunca más. Lo que queremos es que dé señales de vida, puesto que nos vemos obligados a vender la casa en la que vivimos porque gracias a su canallada nos es imposible mantenerla y necesitamos su firma. Espero que al menos tengas la hombría de dar la cara, Jordi.

MAMA SE HA IDO

También las mujeres desaparecían. El suceso no era tan corriente como el del marido que abandonaba el hogar, por lo que *El Caso* dedicó tres páginas a una madre desaparecida en abril de 1965.

«Me llamo María del Mar, tengo 11 años y seis hermanos. Quiero pedir desde este periódico a mi mamá que vuelva. Mi padre y todos nosotros la necesitamos y lloramos todo el día. Creemos que está en Pamplona y nos han dicho que se ha colocado en una casa. No importa por qué lo hiciste, mamá, pero vuelve.»

Hasta aquí el testimonio de la hija. Más adelante, el periodista que firma el reportaje explica:

«Las vecinas opinan que lo más probable es que la mujer hubiera tenido problemas con su suegra, pues ya en otra ocasión se fue a casa de un hermano, donde su esposo la localizó rogándole que volviera, pero ella se negó ya entonces a *doblegarse ante la autoridad de su marido*.»

Si es usted antimachista y le rechinan los dientes al oír eso de «doblegarse ante la autoridad del marido», ya habrá tiempo de desarrollar tal aspecto de la sociedad en los sesenta. Ahora volvamos al *Correo del lector* para repasar más casos de desaparecidos. He aquí otro tristemente común.

NO TIENES NADA DE QUE AVERGONZARTE, MADRE

Fui abandonado al nacer y soy, por tanto, huérfano desde hace 23 años. Si vive mi madre y es *aquella que una vez preguntó por mí en Segovia hace seis años*, le ruego que vuelva, pues nada tiene que temer de su hijo que la espera con los brazos abiertos. (Julio 1968.)

DESAPARECIDOS VARIOS

La lista de personas buscadas en los años sesenta se completa con los amigos de guerra que deseaban reencontrarse, padres que quieren saber qué fue de sus hijos, pues un buen día marcharon a trabajar lejos del pueblo, e incluso sobrinos desaparecidos como el curioso suceso que apareció en octubre de 1968 en el semanario *El Caso*:

«Agradecería me dijeran el segundo apellido del actor Fernando Rey y dónde nació a fin de poder convencer a mi esposa sobre si es o no un sobrino que se llama como él y del que la familia no sabe nada desde pequeño.»

LA FAMILIA BUSTILLO

Pero hablemos ahora del día a día, del duro trajinar de los representantes de la España cañí, y para hacerlo nada mejor que imaginar a una familia tipo, la familia Bustillo pongamos por caso. Los Bustillo, como tantos otros españoles, se trasladaron hace unos años de su pueblo a la ciudad en busca de un futuro mejor. Su vida es más o menos así:

Su hogar está situado en una barriada populosa. Visto desde fuera, el edificio parece humilde pero decoroso; se nota que todos los que viven allí son gente muy decente y muy limpia, a juzgar por la cantidad de ropa tendida que exhiben sus balcones. Esto de tener la colada limpísima, más blanca que la de las demás vecinas, es una de las grandes preocupaciones de la señora Bustillo, que ya había aprendido el amor por la higiene de su madre en el pueblo. «Asegúrate de que llevas siempre la ropa interior limpia antes de salir a la calle», le enseñó su madre en la adolescencia. «Nunca se sabe cuándo puedes sufrir un accidente y te tienen que llevar al ambulatorio.»

EL SEÑOR BUSTILLO Y LAS LETRAS DEL FRIGORIFICO

El señor Bustillo, en cambio, está preocupado por otras cosas más materiales, como el resultado del partido Barcelona-Valencia que puede fastidiarle la quiniela de catorce resultados que rellenó el jueves. También le preocupan mucho las letras del frigorífico Kelvinator, que piensa adquirir con el fruto de su honrado trabajo. Como

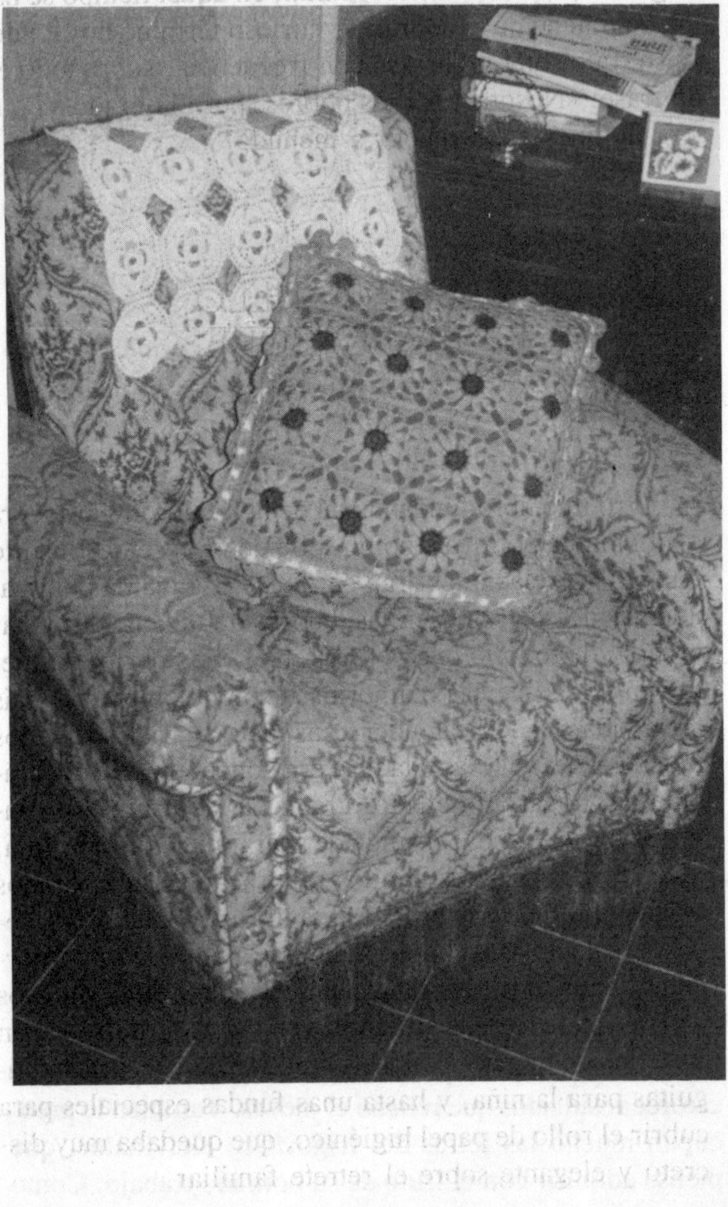

seguramente ustedes recordarán, en aquel tiempo se hablaba mucho de la honradez, curioso término hoy en desuso, que solía invocarse con frecuencia, sobre todo en la frase: «Nosotros somos pobres, pero honrados», que era de buen tono repetir a menudo.

LOS BUSTILLO Y LAS LABORES DE GANCHILLO

Otro miembro fundamental de la familia era la suegra o «mi mamá política», como solía decir el señor Bustillo cuando las relaciones eran cordiales. La mamá política, además de colaborar en las labores del hogar y de estar al tanto de todo lo que ocurría en el vecindario, ya fueran rumores, peleas o amoríos, tenía dos misiones más en la vida. Una era atender a sus nietos y pasar con ellos muchas horas al día, y la otra era contribuir a la decoración del hogar. En efecto, gracias a las primorosas labores de sus manos, el sillón de skai, imitación cabritilla, lucía a menudo unos bonitos reposacabezas elaborados a ganchillo, que daban a la salita un aire coquetón. A veces, el talento «ganchilleril» de mamá política se desbordaba llegando a ser francamente irrefrenable. En esos casos, el hogar y sus moradores se veían agraciados con todo tipo de prendas: colchas, toallas para las visitas, braguitas para la niña, y hasta unas fundas especiales para cubrir el rollo de papel higiénico, que quedaba muy discreto y elegante sobre el retrete familiar.

EL PROBLEMA DE LA BOINA

El hogar familiar también podía ser compartido por el suegro o padre político (padre, no papá que suena muy cursi). Este señor, si bien era menos conflictivo que las mamás políticas, solía tener un problema: le resultaba muy difícil el convertirse en un hombre de ciudad, añorando siempre los placeres del pueblo. Cuando los hijos de Bustillo crecían, a menudo les daba un poco de vergüenza que sus amigos conocieran al abuelo, no porque escupiera en el suelo, ni porque se paseara por la casa en camiseta y zapatillas, que en su casa cada uno hace lo que le da la gana, sino por esa manía tan de pueblo de usar una boina raída que ni siquiera se quitaba a las horas de las comidas. El abuelo, seguramente por nostalgia de su tierra, solía tener a su cargo un animal doméstico que, vistas las dificultades que ofrecían las casas de la ciudad para albergar animalitos, era casi siempre un canario flauta. Tan alegre pajarito llevaba en ocasiones el nombre de alguien del lejano pueblo, como el sacristán o el boticario, y su dueño mantenía con él largas conversaciones sobre la guerra o las incomodidades de la ciudad que invariablemente terminaban con un suspiro nostálgico y un «...Pues ya ves, Rufino, así es la vida, ahora te traigo tu lechuguita».

GOYO BUSTILLO

Los hijos de Bustillo habían nacido ya en la ciudad y por tanto eran más modernos. Como estigma de su pasado rural a menudo llevaban nombres poco apropiados para un joven urbano, algo así como Primitivo, Gertrudis o Genaro. Sin embargo, ellos le daban muy pronto solución al asunto convirtiéndose en Primi, Gelu y Goyo, que suena mucho mejor. Genaro, o mejor Goyo Bustillo, por ejemplo, trabajaba como dependiente de una ferretería, pero asistía a una academia nocturna porque su ilusión era conseguir un título o diploma. Trabajaba mucho de lunes a sábado y los domingos solía irse con la novia al baile. Para ello vestía traje y corbata, por lo menos hasta que el final de la década trajo la moda de la ropa vistosa: pantalones pata de elefante y camisas de largos cuellos. De todos modos, Goyo Bustillo rara vez cayó en la tentación de vestir «a la moda», pues, según creencia general, tales florituras indumentarias eran cosas de maricones y estaba muy mal visto en el barrio. En cambio, había un detalle de coquetería que sí estaba bien y éste era llevar peine. Todos los Goyo Bustillo de este mundo guardaban en el bolsillo trasero de su pantalón un peine de plástico de pequeñas dimensiones. Antes de recoger a la novia en la parada del 9, cuando iba a hablar con su jefe, al entrar en un portal o en miles de otras situaciones igualmente cotidianas, Goyo Bustillo gustaba alisarse el tupé con un rápido y diestro golpe de peine.

CHONI SE QUIERE CASAR

Choni, la hermana de Goyo, era una enamorada de la música moderna, sobre todo de Raphael, Karina y el Dúo Dinámico. También le gustaba mucho el Cordobés, aunque no así los toros, y tenía toda su habitación empapelada con fotos de sus ídolos. Incluso tenía una muy bonita dedicada por Manuel Benítez en la que aparece haciendo el salto de la rana. Abajo podía leerse:

PARA CHONI QUE ES UNA CHICA YE-YE

No, no era verdad que fuera ye-ye, lo que ocurría es que trabajaba en una peluquería y a veces ensayaba peinados raros (siempre cuando su novio no estaba, porque si llegaba a enterarse...), o se ponía, a escondidas, una minifalda bastante corta comprada en una *boutique*. Pero en realidad lo que Choni deseaba era otra cosa. Deseaba casarse pronto, y por eso ella y su novio trabajaban y

Club del encanto

Péinate como tu estrella favorita

Buscando en el baúl de los recuerdos uuu... Esta es Karina, chica ye-ye por excelencia.

ahorraban todo lo que podían. Entonces dejaría la peluquería para dedicarse a la familia y atenderlos a todos bien. Y mientras llegaba tan ansiado momento, Choni se veía con su novio todas las tardes de siete a ocho y media en una cafetería, porque «él todavía no subía a casa». Eso de subir o no subir a casa era muy importante y daba un toque de formalidad, un punto de no retorno, incluso en unas relaciones que, tras varios años de noviazgo, solían terminar en boda.

EL BUEN ESPAÑOL

La época franquista se caracterizó por poner mucho énfasis en los valores morales, tanto que, haciendo memoria, el que más y el que menos recordará cómo, gracias al celo de algunos, aquí se vivía en el limbo de los castos. En aquel entonces, por ejemplo, y hasta bien entrada la década de los sesenta, los niños españoles

venían de París o bien —hecho extraordinario desde el punto de vista científico— crecían bajo las coles. Incluso los libros de texto escolares parecían corroborar tales teorías puesto que, según ellos, los únicos seres de la creación que cumplían con el mandato bíblico de «creced y multiplicaos» eran las esporas, las amebas y otros bichos igualmente inofensivos desde el punto de vista moral.

Tal estado angélico de las cosas (angélico por lo asexual, en este caso) fue quizá consecuencia de la simbiosis existente entre la Iglesia católica y Francisco Franco —que era, como es sabido, y aún recuerdan algunas monedas de cinco duros, «Caudillo de España por la gracia de Dios».

AYER Y HOY DEL SENTIR RELIGIOSO

Como este libro es un continuo mirar atrás en busca del presente, me gustaría encabezar el apartado sobre la religión contando dos anécdotas relacionadas con el tema. Una la recoge Luis Carandell en su libro *Celtiberia show* (1970) y la otra ocurrió recientemente en Madrid. Tal vez el relatarlas juntas sirva para ilustrar la actitud pasada y presente del español con respecto a la religión. Ambas tienen lugar en una oficina pública. La primera reza así:

Un funcionario estaba en una ventanilla atendiendo al público cuando se presentó un hombre muy pálido de aspecto triste, el cual con ese temor respetuoso que impone la Administración pública le dijo al funcionario:

—Perdone, es que quería inscribir a un niño recién nacido.

El funcionario, con gesto rutinario, cogió una hoja de inscripción y preguntó disponiéndose a escribir:

—¿Nombre del padre?

—¡Ah, perdón! —contestó el súbdito santiguándose—. En el nombre del Padre, del Hijo y del Espíritu Santo.

Veintitantos años más tarde, en un marco parecido, los juzgados de la calle Pradillo, que es donde acuden aquellos que desean contraer matrimonio civil en Madrid, se produjo la siguiente situación (corría el mes de mayo):

Dos funcionarios, uno veterano y el otro novato, están sentados a una mesa cuando de pronto suena el teléfono y es el novato quien contesta. Tras escuchar la consulta que se le hace, el funcionario responde con aire de gran sorpresa:

—Pero señora, eso no es posible.

La voz al otro lado del hilo insiste pertinaz y el funcionario vuelve a responder.

—Le repito que no. Eso no es posible. Hable con un cura, señora, le dirá lo mismo que yo.

La consultante ataca de nuevo y el funcionario aburrido acaba por colgar el teléfono.

—¿A que no sabes lo que preguntaba la mujer que acaba de llamar? —le dice el funcionario novato al veterano.

Y éste sin levantar la vista de lo que está haciendo responde con un aire no exento de fastidio:

—Lo sé, lo sé. Preguntaba dónde tenía que recoger los formularios para que su niña pudiera *hacer la primera comunión por lo civil*. Si llevaras más tiempo aquí sabrías que siempre por el mes de mayo llama mucha gente preguntando lo mismo; la familia no es creyente, pero ninguna niña se resigna a quedarse sin un traje de comunión...

FULGOR Y MUERTE DE LA RESERVA ESPIRITUAL DE OCCIDENTE

Si España pasó en pocos años de ser la reserva espiritual de Europa a ser un país más bien descreído, en el que las niñas hacen la primera comunión porque «el traje es muy bonito» y donde las señoras «bien» van al Rocío, no a rezar sino a pasear el tipazo que han conseguido haciendo *aerobic* y con la esperanza de salir en el *¡Hola!*, no fue por casualidad.

Los tiempos comenzaron a cambiar precisamente durante la década de los sesenta, en especial en lo que concierne a la moral. Desde la hasta entonces fortificada trinchera de sus valores tradicionales, y gracias en parte al turismo, los españoles pudieron asomar la nariz hacia la libertina Europa, desde donde venían suecas en bikini y señoritas de lo más casquivanas, que no entendían eso

de que: «La española cuando besa es que besa de verdad.» Aun así, esto era sólo un primer destello. Hasta bien entrada la década de los setenta, el espíritu religioso tiñó de tal modo todas las actitudes de la sociedad que vale la pena recordar la España religiosa de la época.

MAS PAPISTAS QUE EL PAPA

Mientras Juan XXIII y Pablo VI luchaban por adecuar la Iglesia a los tiempos modernos, aquí en España se vivía un catolicismo que poco tenía que envidiar al de Torquemada y sus muchachos. No se quemaba a nadie, es cierto, pero el infierno y sus llamas eternas estaban omnipresentes en todos los sermones, novenas y conversaciones pías. Los niños escuchábamos aquellas amenazas terribles con el alma acongojada mientras que, rosario va y novena viene, intentábamos sobrevivir en un mundo lleno de engaños y trampas donde todo lo bueno, ¡oh, desdicha!, era pecado.

Pero volvamos un momento a revivir aquella España de cerrado y sacristía. Mire a ver si esto le recuerda algo:

«Por no meterse a monja» se titula este fragmento que recogía Luis Carandell en su sección de la revista *Triunfo*. Pertenece a un boletín que regalaban unas monjitas de Albacete a las colegialas.

> Si supiera la madre de tu amiga lo que son las casas religiosas, no retendría a su hija ni un día más, pero la pobre no sabe lo que aquí se goza. Si hablas con ella, dile lo que se te ocurra para convencerla y que no le pase lo que a otras que se han quedado sin

hijas por torcerles la vocación. Yo conocí a cuatro: dos se casaron y murieron al dar a luz el primer hijo. Otra cogió una tisis galopante, y el día que cumplió la edad para irse (había dicho su madre que ni un día antes saldría de su casa) así fue, pero salió para el cementerio. Otra de Navalcán me dijo que mejor quería ver a su hija muerta o en un pozo; se volvió loca y se tiró a un pozo, siendo el pueblo testigo del juicio de Dios, quedando la madre transida de pena.

Ciertamente Dios estaba omnipresente en la España de entonces, y no precisamente gracias al divino don de la ubicuidad, no, sino por el uso y abuso que de su nombre se hacía.

> POR ORDEN DE DIOS queda terminantemente prohibida la entrada a toda persona que no vista con decencia.

Así rezaba un anuncio expuesto en la catedral de Teruel. Pero no sólo en los lugares sacros se invocaba su santo nombre. Dios participaba también en la publicidad:

> ... Cuando el NIÑO JESUS nació, las estrellas eran Plafones decorativos VILAPLANA.

Y en el fútbol, deporte nacional...

> «Hubo un hombre enviado por Dios cuyo nombre era IRIBAR.» (*Barcelona deportiva*, enero 1970.)

LA TELEVISION Y LA PUBLICIDAD

También en aquellos años empieza a popularizarse la televisión, que hacia 1968 era un aparato tan imprescindible que en muchos hogares se tomaba la sopa viendo *Un millón para el mejor* o tarareando las canciones de *Escala en Hi-Fi*. Los personajes televisivos llegaron a convertirse en parte de la familia y todas las conversaciones giraban en torno al programa de la noche anterior, con lo que el infeliz mortal que aún no tenía televisor en casa se sentía un pobre paria...

—¿Viste anoche a Laurita Valenzuela? —preguntaba el teleposeedor.

—Huy sí —había que responder para estar en el ajo—, llevaba un trajecito claro monísimo.

—¿Y Toni Leblanc?

—Qué risa —era la respuesta adecuada—. Hay que ver cómo imita a un gangoso, ¡es que me parto!

Pero no sólo las conversaciones estaban influidas por la televisión, otro fenómeno paralelo, la publicidad, también iba a cambiar el modo de vida y los patrones a seguir de mucha gente. Es probable que a un experto en publicidad de hoy le resulten risibles aquellos pareados ingenuos y aquellas cancioncillas con las que se animaba al personal a beber «Quina Santa Catalina, que es medicina y es golosina», pero por muy tontas que fueran, la verdad es que uno se quedaba con la copla. En aquella época, por ejemplo, todos sabíamos que el Cola-Cao era desayuno y merienda, que si lo tomaba el ciclista se hacía el amo de la pista y si era el boxeador: pom, pom, golpeaba que era un primor. Si le divierte comprobar su memoria en el tema de anuncios, aquí van algunos memorables.

1. Beba brandy S------, porque S------ es cosa de hombres.

2. Enchufa el A----, en toda España es la consigna popular.

3. Está como nunca, está como nunca... ¡F-------!

4. Queremos turrón, turrón, turrón, pero vea que sea A---------.

5. Su faja señora... S----.

Solución.—**1.** SOBERANO. **2.** ASKAR. **3.** FUNDADOR. **4.** ANTIU-XIXONA. **5.** SORAS

Domecq
Domecq
CASA PEDRO DOMECQ TIENE POR NORMA DESDE
FUNDACION EN 1730, NO CONCURRIR CON SUS PRODUC
NINGUNA EXPOSICION NACIONAL NI EXTRAN
FUNDADOR
FUNDADOR
1874
Pedro Domecq
CASA FUNDADA EN 1730
JEREZ DE LA FRONTERA

LA VIDA ES UNA TOMBOLA: MAS COSAS DE LA TV Y LA FARANDULA

De pronto, a principios de la década, se puso de moda que las niñas y adolescentes fueran rubias. Los frascos de Camomila Intea iban de mano en mano, convirtiendo las oscuras cabecitas en doradas cabelleras que resplandecían al sol, por lo menos durante una semana, hasta que la naturaleza, aguafiestas ella, hacía crecer en la cabeza de la interfecta una negra raya delatora. La culpable de tal metamorfosis tenía 10 o 12 años y se llamaba Pepita Flores. Pero como aquel nombre no sonaba nada bien, al convertirse en artista, se lo cambiaron por el de Marisol. Los sesenta fue la década de los niños prodigio, o para ser más exactos, de las niñas prodigio, y llegaron a tener mucho éxito sobre todo en el cine y la canción. Además de Marisol estaban Ana Belén, Rocío Dúrcal, Pili y Mili... eran todas muy monas, muy jóvenes y habían logrado hacer realidad la ambición de muchos padres de tener en casa un niño artista que les procurara grandes satisfacciones y también, por qué no, bienestar económico. En realidad fueron Joselito y Pablito Calvo los que inauguraron la estirpe en la década de los cincuenta, y fueron muchas, desde entonces, las familias que soñaron con que sus hijos llegaran a ser un pequeño genio-monstruo, de esos que levantando sólo medio palmo del suelo ya cantan con mucho sentimiento el *Siete cascabeles tiene mi caballo* o, para ser más modernos, *Me lo dijo Pérez.*

EL AMOR EN TIEMPOS DE FRANCO

¿Quién no recuerda los tiempos felices en los que esto del amor era complicadísimo? Cuando darle la mano al novio/a producía una corriente eléctrica de dos mil voltios, que empezaba en la punta de los dedos y subía, subía hasta las meninges. Cuando ir al cine tenía el valor añadido de: «Dios mío, ¿qué pasará con Pepe? ¿Se lanzará hoy o no?» (Y para ello era muy conveniente que Pepe se acordara de dar una buena propina al acomodador, que así los sentaría en la solicitadísima «Fila de los mancos», que era la más apartada y la más oscura de todo el cine.)

Hoy en día, cuando la libertad sexual ha arrebatado al amor el deleite de sus ritos más ingenuos, recordar ciertas situaciones resulta enternecedor. No me refiero a aquellas tan comunes y tediosas a las que daban lugar los largos noviazgos de entonces, aquellas tardes intermi-

¡ÑÑÑAC!
¡ÑÑÑAC!
KANO

nables en las que el novio y la novia pasaban horas y horas en una cafetería delante de un café con leche por no tener sitio mejor donde ir. Me refiero a nuevas situaciones erótico-iniciáticas a las que daría lugar el avance social y tecnológico o, para ser menos pedante, a la revolución sexual del seiscientos. Aparte de ser un signo de *status*, y una comodidad, el infalible seiscientos aportó a los felices españoles poseedores de tan codiciado invento la posibilidad de irse por ahí con la novia a «hacer cuneta», o lo que es lo mismo, a descubrir los encantos del amor motorizado. En tan agradable marco, las parejas de finales de los sesenta encontraron la única manera de inaugurar su recién adquirida libertad sexual. Tal vez ahora pueda parecer cándido e incluso ridículo recordar aquellas filas de silenciosos vehículos que se alineaban en los parajes más apartados y oscuros, pero en un país en el que a las parejas que aspiraban a hospedarse en un hotel se les exigía el libro de familia, el seiscientos constituyó sin duda toda una liberación, y su figura permanece entre los recuerdos sentimentales de muchos españoles.

QUERIDA SEÑORA FRANCIS

Si hablamos de amor en los sesenta, no es fácil hacerlo sin dedicar un recuerdo a un personaje que durante más de treinta años se dedicó a aconsejar a la mujer española en asuntos amorosos. En una sociedad donde tantos temas eran tabú, el consultorio de la señora Francis cumplió la misión de orientar y, por qué no, de ilustrar a personas que de otro modo difícilmente hubieran podido aprender ciertas cosas. Tal vez le sorprenda saber cuál era, bien entrada la década de los sesenta, el temor más acusado entre las féminas, que coincidía, como es natural, con el reparo más común entre los varones. Bien, pues, según Juan Soto Viñolo, a quien usted quizá no conozca pero cuya autoridad en asuntos amorosos inmediatamente reconocerá si le digo que se trata de la mismísima señora Francis en persona*, el tema primordial en esto del amor era la pérdida de la virginidad femenina. He aquí dos de las muchas cartas que se recibieron en el consultorio al respecto y que ilustran la gran importancia que a tal asunto entonces se le daba.

«Una desgraciada» de Villalba confiesa en agosto de 1969:

> A mí la felicidad nunca me ha favorecido porque desde muy pequeña he perdido lo más bonito, que sería lo único de lo que hoy podría estar orgullosa. Desde los seis años estoy en un remordimiento que no me deja vivir y sin atreverme a contárselo a nadie. Querida señora, le diré que siendo muy pequeña, casi no lo recuerdo, vivía con nosotros un tío que abusó de mí, amenazándome para que no se lo dijera a mis padres. Mi tío ha muerto y yo me paso la vida llorando, triste y amargada, y he estado a punto de cometer una locura. También le diré que llevo siete meses saliendo con un chico y cuando pienso que no soy virgen me pongo a llorar.

Puede sonar algo exagerada la actitud de «Desgra-

* Durante 18 años, y enmascarado tras una voz femenina y maternal, Juan Soto Viñolo aconsejó, amonestó y brindó ayuda a varias generaciones de españoles. El fue el guionista del consultorio radiofónico *Francis*.

ciada», pero cuando lea la próxima carta comprenderá por qué las mujeres de entonces daban tanta importancia a una membranita más o menos.

S. S. de Barcelona cuenta en 1970:

> Conocí a un chico de veinticinco años el año pasado y quiere que nos casemos pronto. Pero me ha dicho que no se casará hasta que no sepa cómo estoy, pues él dice que el mundo está muy malo y no quisiera llevarse ningún desengaño conmigo, y antes de que sea tarde quiere saberlo, y hoy ha venido y me ha dicho que me va a llevar al médico porque así estará tranquilo. Yo le he dicho que no le engañaría por nada del mundo, pero él insiste en que vayamos al médico para saber si soy virgen o no.

Además del tema de la virginidad, los problemas sentimentales más frecuentes a los que tuvo que dar respuesta la señora Francis fueron los siguientes:

- Solteras embarazadas y repudiadas por su familia y por la sociedad.
- Esposas abandonadas sin recursos económicos.
- Esposas engañadas.
- Y por último, tímidamente, consultas relacionadas con problemas sexuales que las chicas no se atrevían a consultar con nadie y que dan una cierta idea del nivel de conocimientos que entonces había sobre el tema.

Si usted se sorprende de las consultas que llegan hoy en día a programas televisivos que hablan de sexo, escuche y compare: En 1969, la revista *Belleza y moda* en su sección «Consultorio psicológico» publica esta carta:

> Soy una chica de pueblo y, habiendo comprado su revista, desearía hacerles dos preguntas, ya que mis padres sobre estos temas no me han ilustrado; ya que tengo dieciocho años y para un próximo mes cumpliré diecinueve, desearía preguntarles:
>
> 1) ¿Qué pasa la noche de bodas?
> 2) ¿Pueden decirme, de una vez por todas, qué hay que hacer para tener un hijo?

LA PERFECTA CASADA

Antes de terminar este ilustrativo paseo por la España tradicional de los años sesenta, me gustaría hacer un retrato de la perfecta casada. El papel de la mujer en aquella sociedad realmente no se diferenciaba gran cosa del de sus abuelas, por mucho que se hablara de ye-yes y de una controvertida pildorita que permitía a uno tener un número razonable de hijos y no seis u ocho como era frecuente entonces.

Muy de vez en cuando aparecían en la prensa especializada cartas como la que sigue, pero que eran tan sólo los primeros destellos de un cambio de actitud:

> Tengo siete hijos —el mayor de ocho años— y me encuentro sola para llevar toda la carga y atenderlos a todos, por eso quisiera saber de qué modo podría evitar tener un hijo por año, pues ahora tengo veintiocho y al paso que voy no sé dónde puedo llegar.

ESTA NOCHE, EN TELEVISION

MASSIEL: UNA ESPOSA FELIZ

¿HIJOS? CUANDO DIOS QUIERA. POR NOSOTROS, AHORA MISMO (Ella)

COMO AMA DE CASA, SE DEFIENDE (El)

Un reportaje de Antonio CASADO (Fotos de LLORENTE)

Cantando al amor

(Pasa a la página siguiente.)

Si es posible desearía saber el nombre de la píldora que sirve para estos casos y de la que todo el mundo habla y yo no sé cómo se llama.

Huelga decir que la responsable del consultorio no facilitó el nombre de la píldora a esta atribulada madre de veintiocho años, porque la actitud que entonces se propiciaba era más parecida a la recogida en el siguiente artículo. En él se habla sobre la elección de la Mujer Ideal 1968 y he aquí unos párrafos.

LA MUJER IDEAL

El concurso para elegir a la Mujer Ideal española 1968 consta de las siguientes pruebas: economía doméstica, cocina, costura y relaciones humanas. En el apartado de costura se exigirá una prueba de *tricot* y, a elegir, ganchillo, ojales o un buen zurcido. En el apartado de relaciones humanas se harán preguntas de actualidad política en la que la candidata debe demostrar que está al día.

A primera vista parecía prometedor eso de «preguntas sobre actualidad política», pero leyendo el texto pronto se descubre que, lejos de hablar de la situación en este país, la candidata a Mujer Ideal debía saber disertar sobre política... italiana. Si con buen criterio la señora respondía que no conocía el tema a fondo, la contrarréplica era fulminante: «La mujer moderna no puede vivir de espaldas a la política.» (A la política foránea, naturalmente, que es la única que existía entonces.)

En aquella ocasión fue elegida Mujer Ideal española 1968 Ana María Curiel, que se expresó en los siguientes términos sobre diversos temas:

- «Pienso que la mujer ideal debe saber quedarse en segundo plano para servir de soporte a su marido y a su familia. Creo que la española necesita aprender de las extranjeras el amor a la cultura, pero nunca a costa del caudal interior.»

- «No soy partidaria del trabajo de la mujer fuera de casa. Si mi marido gana un buen sueldo, ¿para qué sacar las cosas de quicio buscando más dinero? Si después de trabajar ocho horas fuera de casa, la mujer fuera capaz de encerrarse en la cocina y hacer de fregona, la cosa no sería grave. Pero seguro que se pondrá a hacer una tortilla y a la vez estará pensando: ‘‘¿Por qué tendré yo que hacer esta tortilla de patata pudiendo emplear mi cabeza en otra cosa?’’ Y entonces no pondrá ningún interés ni ilusión en esa tortilla.»

Sí, la mujer de los sesenta era la alegría del hogar. Era ese ser abnegado y maravilloso «de inmaculada frente ceñida de laurel» —en inolvidables palabras de Manolo Escobar— que se sentía feliz haciendo tortillas y untando culetes con Bálsamo Bebé.

Lo cierto es que en muchos, muchísimos casos eran ellas, las mujeres, las primeras en rechazar esas corrientes libertarias que hablaban de la igualdad entre los sexos.

Así, cuando semanarios «progres» como la revista *Triunfo* se ocupan del tema de la mujer y su nuevo papel en la sociedad, C. C. de Gandía les reprochaba en una carta:

> No estoy de acuerdo en nada de lo que dice el señor Galán. ¿Quién pide igualdad? No he oído a nadie que la pidiera. ¿Es tan sólo el tema de moda?

SOY TUYA PORQUE LO MANDA UN PAPEL

Si las mujeres en su mayoría eran las primeras en fomentar esta actitud subordinada, las leyes vigentes tampoco ayudaban a que las cosas fueran de modo distinto. He aquí un artículo del Código Penal. Es como para poner los pelos de punta al más templado:

«El adulterio será castigado con pena de presidio menor.» (Hasta seis años de cárcel.) «Comete adulterio la mujer que yace con un varón que no sea su marido, y el que yace con ella sabiendo que es casada, aunque después se declare nulo el matrimonio.» Por otro lado, también se establece que «el marido que, sorprendiendo en adulterio a su mujer, matare en el acto a los adúlteros o les causare cualquiera de las lesiones graves, será castigado con pena de destierro (al menos cincuenta kilómetros de su lugar de residencia). Si les produjera lesiones de otra clase, quedará exento de pena».

Las disposiciones sobre el adulterio estuvieron en vigor hasta 1978, pero aún hay más. Otro artículo del Código Civil preveía que «el marido debe proteger a la mujer y ésta obedecer al marido». Así, por ejemplo, una esposa necesitaba licencia marital para:

- Comprar joyas, muebles u objetos preciosos.
- Ser tutor, albacea, aceptar o repudiar herencias o para pedir la participación de herencias.
- Comparecer en un juicio, abrir una cuenta bancaria o sacarse el pasaporte.

También el artículo 1263, que equiparaba a las mujeres con los grupos mentales más débiles de la sociedad, establecía que «no pueden prestar consentimiento: 1) Los menores no emancipados. 2) Los locos o dementes y los sordomudos que no sepan escribir. 3) Las mujeres casadas en los casos expresados por la ley».

Por último, en materia de emancipación, y hasta la reforma de 1972, se establecía que «la mayoría de edad empieza a los veintiún años cumplidos. Sin embargo, a pesar de lo dispuesto, las hijas de familia, mayores de edad pero menores de veinticinco años, no podrán dejar la casa paterna salvo cuando sea para contraer matrimonio o ingresar en un instituto aprobado por la Iglesia».

Supongo que después de esta exposición de datos usted como yo se habrá quedado frío, amigo sesentista. Si es así, vamos a pasar a hablar de modas y modos que también los había en la España tradicional. Y los primeros que acuden a la cita son, cómo no, los tan cacareados ye-yes.

CHICOS YE-YE

Las apariencias engañan y quien relea revistas de finales de los sesenta es posible que llegue a pensar que en aquella época todo era muy ye-ye, puesto que tanto se hablaba de ello. En efecto, entonces se decía que El Cordobés era un torero ye-ye porque tenía flequillo, y llevar minifalda se consideraba muy ye-ye. Ye-ye era bailar el twist o la yenka, beber cubalibre o ir de veraneo a Torremolinos. Más aún, si un viudo cortejaba a una jovencita se decía de él que era un vejete ye-ye, e incluso, algunas señoras, al ver pasar al cura de su parroquia luciendo alzacuello, comentaban con el ceño fruncido: «Es que don Antonio es muy ye-ye.»

Dicho todo esto se debe aclarar que lo cierto es que, por mucho que la prensa se ocupara de tal fenómeno, el yeyeísmo era una anécdota, tan sólo un síntoma de que en la sociedad se estaban introduciendo otros valores estéticos diferentes a los de antes y más parecidos a los de fuera de nuestras fronteras. La realidad es que, a pesar de todo, en los sesenta ver, por ejemplo, a un hombre con melena por la calle era tal rareza que lo más probable es que el intrépido melenudo fuera piropeado más de una vez por alguno de sus congéneres con un «¡Nenaza!», o algo aún más explícito. Pasearse en minifalda era entonces igualmente arriesgado. El piropeador compulsivo —y en los sesenta era frecuentísimo— se veía obligado a hacer algún comentario ocurrente (¿ocurrente?) que la chica recibiría haciéndose la sorda como era preceptivo, mientras que con la mano izquierda estiraba disimuladamente la falda en un vano intento de taparse las rodillas.

Sin embargo, no hay que despreciar el valor de los síntomas, algo estaba cambiando.

Y ya que de cambios hablamos, he aquí la metamorfosis de la moda a lo largo de la década:

EL PELO

PRINCIPIOS DE LOS SESENTA

Moño tradicional cardado tipo nido. Tenía la gran ventaja de que duraba muchísimo. Una vez sobre la cabeza no hacía falta ir a la peluquería en un mes. Muy decorativo con patillas en bucle.

MEDIADOS

Melenita respingona ideal para niñas buenas que bailaban el twist y la yenka.

FINALES

Melena larga y lisa. Las más hippies la lucían con banda tipo indio cheroqui.

LA FALDA

PRINCIPIOS DE LOS SESENTA

Falda amplia y repolluda con enagüas.

MEDIADOS

Falda escocesa. Prenda imprescindible y casta que lucía muy bien con un *minipull*.

LA FALDA

FINALES

Mini *évasée.* El largo ideal era cuatro dedos por encima de la rodilla.

Falda india para niñas hippies. Las más osadas le daban al atuendo un aire desaliñado que se completaba yendo descalza.

ZAPATOS

PRINCIPIOS DE LOS SESENTA

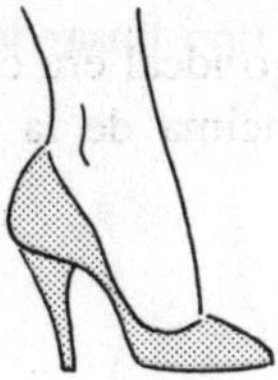

Zapatos tacón de aguja. El primer par solía comprarse a escondidas de los padres y ocultarse en un altillo del armario, junto con las también prohibidas medias de cristal.

MEDIADOS

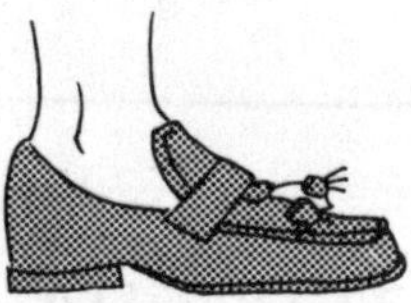

Mocasín con escobillas, propio para ir a misa de doce, que es donde más se liga.

FINALES

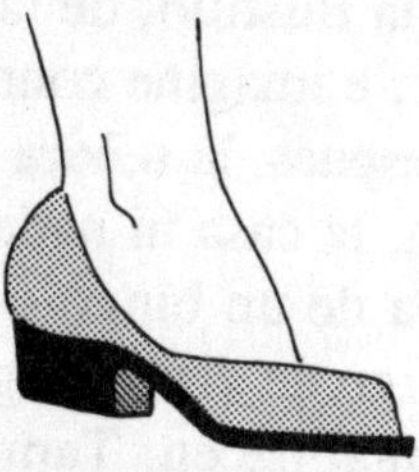

Zapato tacón cuadrado para minifalda.

ZAPATOS

FINALES

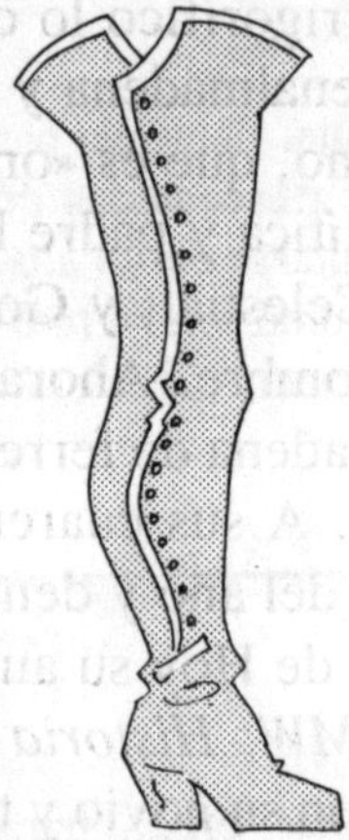

Bota larguísima tipo húsar ideal para minifaldas.

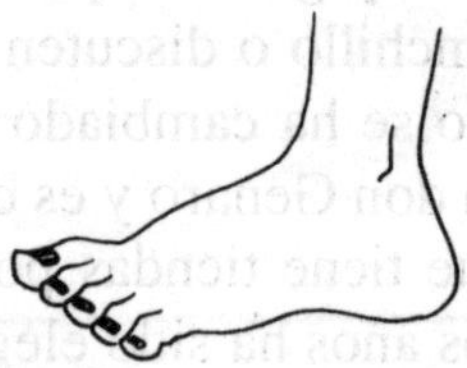

Pie descalzo y polvoriento de hippie.

EVOLUCION DE LA TERCERA ESPECIE

Falta poco para llegar al final y me gustaría, como en capítulos anteriores, ver cuál ha sido la evolución de esta especie. Vuelva un poco hacia atrás con el pensamiento hasta reencontrar a la familia Bustillo, de la que hablábamos en las páginas 127-131, e imagine conmigo como son ahora. Casi treinta años después, la señora Bustillo ya no se interesa por la colada, la casa ni nada por el estilo. Ahora se ha hecho asidua de un bingo donde acude con sus amigas a lucir el abrigo de visón de granja que acaba de adquirir en un gran almacén. Tampoco el señor Bustillo tiene las preocupaciones de antaño, aunque tiene otras nuevas. La mayor es la instalación de la parabólica que va a poner en su chalé de la sierra. Aún continúa jugando a las quinielas (y al cupón de la ONCE, y a la bonoloto), pero en vez de frigorífico lo que aspira a comprarse es una casita en Benalmádena y un Mercedes compact como el de su vecino, que es «ortodoncista» y gana un pastón. Mamá política y padre hacen ganchillo o discuten en el Reino Celestial, y Goyo Bustillo se ha cambiado otra vez de nombre. Ahora le llaman don Genaro y es dueño de una cadena de ferreterías que tiene tiendas por todo el país. A sus cuarenta y pocos años ha sido elegido industrial del año y dentro de poco publicará en Ediciones Temas de Hoy su autobiografía titulada *De la bicicleta al BMW: Historia de una ambición.* Choni Bustillo se casó con su novio y tiene una casa adosada preciosa con piscina, tenis y todo eso. Sus tres hijos Job, Vanessa y Jeniffer María estudian en un colegio inglés.

Con esto terminamos. Espero que este repaso por los sesenta le haya traído recuerdos y alguna sonrisa. Si al leer estas páginas se sorprendiera pensando algo como «...Y parece que fue ayer...», no lo comente con nadie. Recuerde que mayores le parecían su padre/madre/tía/abuela cuando pronunciaban algo parecido. Han pasado treinta años (¡¿treinta?!). Parece que fue ayer, pero no es así. Los progres de entonces se han convertido en *yuppies,* los ye-yes en chelis, y usted y yo tampoco somos los mismos. La única ventaja que tiene es que, si el tiempo, como dicen, pasa cada vez más deprisa, dentro de muy poco nos encontraremos mirando hacia esta atribulada década de los noventa que ahora empieza y pensando lo mismo que ahora: «Qué cosas pasaban entonces. Verdaderamente, ¡quién nos ha visto y quién nos ve!»

FECHAS PARA UNA DECADA	POLITICA INTERNACIONAL
1960	Kennedy es elegido presidente de los Estados Unidos. Se crea la OPEP.
1961	Incidente de Bahía Cochinos (Cuba). Se levanta el Muro de Berlín.
1962	Crisis Estados Unidos-URSS. Misiles en Cuba. Comienza el Concilio Vaticano II.

POLITICA NACIONAL	SOCIEDAD
Cesan las manifestaciones antigubernamentales en la Universidad Central.	Se inicia la comercialización de la píldora anticonceptiva. Aumento progresivo de la emigración de España hacia Europa. En 1960 había en España aproximadamente 300.000 automóviles. La población era de 30 millones y medio.
CNT, UGT y STV comienzan a coordinar sus esfuerzos para luchar contra la dictadura, según *El Socialista.* Ultimas tropas españolas abandonan Marruecos. Primeras acciones de ETA.	Aparece el tergal.
La huelga minera en Mieres (dura más de dos meses, lo que constituye un récord). El Contubernio de Munich. Crece la violencia política en España. Consejo de Guerra condena al anarquista Jordi Cunill. Ola de protestas en Europa. Boda en Atenas de don Juan Carlos y doña Sofía.	Muere Marilyn Monroe. Los soviéticos dominan el espacio.

FECHAS PARA UNA DECADA	POLITICA INTERNACIONAL
1963	Muere Juan XXIII. Se instala el «Teléfono rojo» entre Washington y Moscú. Kennedy es asesinado en Dallas. Se inicia el proceso de Auschwitz.
1964	Disturbios raciales en Estados Unidos. Martin Luther King, Premio Nobel de la Paz. Kruschev cae en desgracia en la URSS. Elección de Johnson como presidente en Estados Unidos.
1965	Escalada americana en Vietnam.

POLITICA NACIONAL	SOCIEDAD
Ejecución de Julián Grimau, acusado de agente del Partido Comunista. Aparece CC.OO.	Primeros suicidios a lo «bonzo» en Occidente. Reaparece la *Revista de Occidente* después de 27 años. Ministerio de Información y Turismo lanza el eslogan *España es diferente*.
Entra en vigor el Primer Plan de Desarrollo. El franquismo celebra los «25 años de Paz» con un tedéum y un indulto general. Fraga afirma que «la nueva Ley de Prensa asegurará la libertad dentro de un orden». 5 de mayo: 25.000 mineros en paro. Diciembre: Se aprueba la Ley de Asociaciones Políticas.	Exito arrollador de los Beatles en el mundo. Gol de Marcelino frente a los rusos.
Clausurada la Universidad de Filosofía y Letras y disturbios. Retirada de carné al corresponsal de *Le Monde* por informar de los disturbios. Aranguren y Tierno Galván separados de sus cátedras.	Los Beatles en España. Comienza el UHF. España finalista en Copa Davis.

FECHAS PARA UNA DECADA	POLITICA INTERNACIONAL
1966	Breznev sucede al cesado Kruschev como Secretario General de la URSS.
1967	Guerra de los 6 Días. Muere Che Guevara. Exilio de Constantino de Grecia. Proliferan las manifestaciones contra la guerra de Vietnam.

POLITICA NACIONAL	SOCIEDAD
Incertidumbre ante la caída de una bomba H en Palomares. La Capuchinada, reunión de intelectuales y estudiantes para crear un sindicato Democrático de Estudiantes en Barcelona. Entra en vigor la Ley de Prensa que suspende la censura previa. Los diarios comienzan a informar sobre las manifestaciones obreras. Referéndum sobre la Ley Orgánica del Estado.	Aparecen los hippies en California. Su lema: «Haz el amor y no la guerra.» Se comercializa el *cassette*. El turismo, primera industria nacional. Santana vence en Wimbledon.
Carrero Blanco nombrado Vicepresidente.	Exito mundial de *Cien años de soledad*. Cristian Barnard realiza el primer transplante de corazón. Se estrena *La Puta Respetuosa* y *A puerta cerrada*, de J. P. Sartre, en Barcelona. Se consolida el éxito de los cines de arte y ensayo, que podrán exhibir películas en versión íntegra.

FECHAS PARA UNA DECADA	POLITICA INTERNACIONAL
1968	Son asesinados Martin Luther King y Robert Kennedy. Mayo francés: La imaginación al poder. Invasión Soviética de Praga.
1969	Dimite Charles de Gaulle como Presidente de Francia. Destituido en Checoslovaquia Alexander Dubcek, Secretario General del Partido Comunista, al fracasar su intento liberalizador. Golda Meir elegida Primera Ministra de Israel. Nixon anuncia la retirada de tropas del Vietnam.

POLITICA NACIONAL	SOCIEDAD
Nace Felipe de Borbón. Se autoriza la enseñanza del vasco en las escuelas de San Sebastián. Primeros asesinatos de ETA. Se suspende temporalmente la publicación del periódico *Madrid* y se secuestra *Sábado Gráfico*. Agitaciones estudiantiles por la muerte de un estudiante en Barcelona. Graves disturbios en todo el país.	Auge en Estados Unidos del *Black Power*. Massiel gana Eurovisión. Se estrena en Barcelona con gran éxito la controvertida obra *Marat-Sade*. Se estrena la película de educación sexual *Helga*. Cambio en la concepción de las costumbres sexuales. Decreto por el que se autoriza el funcionamiento de clases mixtas en la enseñanza primaria.
Se impone el Estado de excepción ante los disturbios estudiantiles. Decreto-Ley por el que se restablece en España la negociación colectiva. El arzobispo de Bilbao afirma en una homilía: «Entre los derechos fundamentales de la persona está el de los obreros a fundar una asociación que represente al trabajador.» Estalla el escándalo Matesa. Don Juan Carlos elegido Príncipe de España.	El XXX Aniversario de Machado reúne en Colliure a numerosos intelectuales en el exilio. Néstor Luján, director de *Destino*, condenado a 8 meses de prisión por publicar una carta sobre la lengua catalana, considerada propaganda ilegal. Sale un «topo» que permaneció 32 años oculto. El hombre llega a la Luna.

FECHAS PARA UNA DECADA	POLITICA INTERNACIONAL
1970	Allende elegido Presidente de Chile.

POLITICA NACIONAL	SOCIEDAD
Proceso de Burgos: 9 penas de muerte y posterior indulto de Franco.	Se separan los Beatles. Buñuel invitado a rodar en España el filme *Tristana.* Batalla del bikini: mujeres se manifiestan contra la prohibición de usar bikini en las piscinas.